メディアワークス文庫

おしゃべりオコジョと秘密のアフタヌーンティー

霧摘み紅茶と日向夏のタルト　～冬毛のオーナーを添えて～

鳩見すた

目　次

一杯目

霧摘み紅茶と日向夏のタルト
～冬毛のオーナーを添えて～

1

桜も散った五月の公園には、主役らしい主役がいない。

秋にはスターとなる楓《かえで》の葉も、その頭角はまだ青々としていた。

僕はベンチに座り、まだ何者でもない若葉に自分を重ねる。

「いまはまだ、無職」

職を失った二十三歳が、平日の午後に発したひとりごと。

そう説明すると悲愴《ひそう》感が漂《ただよ》いそうだけれど、たぶん僕は微笑《ほほえ》んでいる。

僕はだいたい、笑っているから。

たとえば前職の先輩に、退職の報告をしたときもそうだった。


「コウはいつも笑ってるが、こんなときでもそうなんだな」

ウェーブのかかった長髪に無精ひげ。近づくといい匂いがする三十歳。

僕がお世話になりましたと言っても、下高井戸《しもたかいど》さんは特に表情を変えなかった。

「クビにされたと怒っていると、次の仕事が決まらなそうですし」

「まあいいさ。コウ、おまえの『ガクチカ』はなんだ」

　僕は「その言葉を、寡聞《かぶん》にして知りません」と答えている。寡聞は「見識の少ないさま」のことで、世間知らずを自覚する僕はよく使っていた。

「就活の常識なんだがな。そんなんだから、おまえはルックスのわりにモテないんだよ。まあ今回は特別に、俺が五百円で教えてやろう」

　下高井戸さんの説明によると、「ガクチカ」とは「学生時代に力を入れたこと」の略らしい。企業の面接官はみんな聞いてくるという。

　それなら簡単だ。僕は小学生の頃からずっと、ひとつのことしかやってない。

　だから下高井戸さんには、こう答えた。

「ガクチカ、なくなりました」

　二十年近くやってきたそれを、僕は仕事にもしていたのだ。

「なら再就職はあきらめたほうがいいな。いや別に、おまえを引き留めようってわけじゃないぞ。まあ引き留まってもいいけどな」

　前職は少し特殊な業界で、契約を切られても会社に残ることはできる。

「悪いな、コウ。余計なことを言った。詫《わ》びとして特別に三百円で、身の振りかたを教えてやるよ」

下高井戸さんはいつもこうして、僕に世間を教えてくれる。

「まずは、バイトから社員登用を目指せ。不利な就活で無駄にメンタルを削るな」

「なるほど。どんなバイトがいいですか」

「接客業だな。なにしろコウは、人当たりがうまい」

実に笑えるジョークだったので、やっぱり僕は微笑んだ。

「本当に悔しいとき、コウは自分がどんな顔をするか知ってるか」

「寡聞にして知りません」

「いまと同じ顔だ」


どこかで子どもの声が聞こえて、僕は現実に戻る。

あれからバイトを探してみたものの、これといって見つからない。

下高井戸さんが勧める接客業は、探そうともしていなかった。

「うっわ、マジか。これ無理ゲーじゃね」

そんな声とともに、僕の正面に小学生がわらわらと集まってくる。

みんな楓の木を見上げ、うちのひとりは幹に抱きついて揺すっていた。

見れば三メートルほどの高さの枝に、小さなドローンが引っかかっている。

どうやら充電が切れてしまったようで、動かせないらしい。

僕は心の中でガッツポーズをして、楓の木に近づいた。

少し勢いをつけてジャンプして、枝の間のドローンをキャッチする。

「はい」

しっかりと笑顔を作り、少年のひとりに手渡した。

子どもたちは僕を見上げてぽかんとし、やがて「うおおお！」と熱狂する。

「でかっ、すげっ、でかっ！」

「なんセンチ、ですかっ」

少年たちが、瞳を輝かせて聞いてきた。

「身長？　僕は百九十センチだよ」

「オータニじゃん！」

はしゃいで声を上げる子どもたち。

残念ながら大谷《おおたに》選手よりは三センチ低いけれど、言わぬが花と微笑んでおく。

「ありがとうございましたー！」

ひとしきり盛り上がった後、少年たちは礼儀正しく頭を下げた。

去っていくランドセルに向けて、僕は「こちらこそ」と感謝する。

背が高い人間は、他人からうらやましがられることが多い。

けれどアスリートでもない限り、高身長はかなりのデメリットだ。

まずそこにいるだけで、圧迫感がすごい。日本家屋では頭をぶつける。普通のシャツは七分袖になり、世間と目線をあわせると腰が死ぬ。

だから接客業が向いているという下高井戸さんのアドバイスは、たちの悪い冗談としか思えなかった。居酒屋で働けば僕は鴨居《かもい》を破壊し、カウンター席のみのラーメン店では図体《ずうたい》が邪魔で物理的に回転率を落とすだろう。

対して高身長のメリットは、「高いところに手が届く」以外にない。

それが日常で活《い》かせることはほとんどなく、僕の長年の夢は「木の枝に引っかかった子どもの風船を取ってあげる」だった。それが現代風にアレンジされてかなったのだから、今日は素晴らしい日だと思う。

「下高井戸さんを誘って、ケーキでも食べに行こうかな」

名前に「下戸」が入るからか、下高井戸さんはお酒を飲めない。そして多くの下戸がそうであるように、甘いものを好む。

僕も飲めないので、よくスイーツ巡りに誘われた。面倒見がいいのかスイ友が欲しかっただけなのかわからないけれど、おかげで僕も立派な甘党になった。

早速スマホで、下高井戸さんにメッセージを送る。

この時間は働いているので、しばらく返信はこないだろう。

それまではバイトを探しがてら、近所を散歩することにした。

公園を後にして、坂道を下る。このまま歩いていけば駅に出る。

ところが気がつくと、僕は妙な場所にいた。

よく言えば閑静《かんせい》な住宅街。悪く言えば山の上。

そんな場所に出てしまい、目の前にはこぢんまりとした白い建物がある。

どうやら僕は、下るべき坂をうっかり上ってしまったようだ。まあ足の向くままに歩いていたので、そういうこともあるかもしれない。

気を取り直してまた坂道を下り、てくてくと駅を目指す。

すると再び、さっきの白い建物の前に着いた。

なにを言っているかわからないだろうけれど、僕にもさっぱりわからない。催眠術にでもかかったのか、実は一歩も動いていないのか。

いぶかしみつつ、白い建物に目を向ける。二階建てで家屋のサイズは大きくないけれど、広い庭には花があふれていた。全体的に外国を思わせる風情《ふぜい》がある。

門柱の内側には、これまた欧風のレトロな電灯が見えた。

その電灯の傘の下に、鋳物《いもの》の看板が吊《つ》り下《さ》げられている。リスっぽい動物とカップのシルエットの下に、こんな英文字が書かれていた。

『ERMINE'S《アーミンズ》 TEAROOM《ティールーム》』


スマホで調べたところ、「アーミン」は白い毛のオコジョを指す単語らしい。

なるほど看板のシルエットは、リスよりも細長く見える。

「ティールームということは、喫茶店なのかな」

門の中をのぞくと、庭先にカフェでよく見る黒板メニューが立ててあった。紅茶やケーキの名前とともに、手頃な価格が書かれている。

「これも巡りあわせかな。下高井戸さんからの返信は……なし」

それなら今日は単独調査をして、おいしかったらまた誘うことにしよう。

僕は門をくぐり、テラコッタの敷石《しきいし》を歩いた。色とりどりの花が咲く庭は、どこを撮影してもポストカードになりそうなほど美しい。

隅の木陰には、いい感じのカフェテーブルも設置されていた。庭を眺めながら食べるのも優雅でいいなと、空想にふける。

「いらっしゃいませ。『オコジョのティールーム』へようこそ」

玄関ポーチに着くと、そこに女性が立っていた。

白いシャツに黒いジレ。首に巻いた青いスカーフ。切れ長の目が涼やかで、まとめ髪が似あっている。たぶん僕よりも少し上、二十代の後半くらいだろう。

きっちりしている、仕事ができる、そんな印象の人だった。

「どうもどうも。店名の『アーミン』は、オコジョのことでして。オコジョはちょこまかとかわいらしい、イタチ科の動物です。テレビとかで見たことないです？　雪原の巣穴から顔を出す、真っ白で愛くるしい姿を。そんなオコジョは日本の北のほうだけでなく、イギリスにもすんでいましてね。当店は英国風の紅茶専門店で、オコジョがオーナーを務めていますよ」

出会い頭にまくし立てられ、僕はたじろぎながら女性を見る。

見た目と口調にギャップがあるというか、口数が多いというか。さらっと変なことを言われた気もするし、うまく情報が処理できない。

「さあさあ、お席へご案内しましょう。建物も英国の建築様式でしてね。お客さまのように背の高いかたでも、頭をぶつける心配はございませんよ」

いくらか混乱しつつも、僕は女性に案内されて店の中へ入った。

ふっと、鼻がいい匂いを嗅ぐ。

店内を見回すと、床は古めかしいのにぴかぴか輝いていた。

周囲の白い壁には、外国の景色や貴婦人の絵が飾られている。

窓に面して丸いテーブルがいくつかあり、空間を挟んで反対側にはカウンター。

カウンターの向こうには天井《てんじょう》まで届く仕切り棚が設置され、カラフルな紅茶の缶が整然と並んでいる。

このいい匂いは紅茶だけでなく、歴史の香りも混ざっているように感じられた。

「こちらのお席にどうぞ。メニューをお渡ししますね」

窓際のテーブルを勧められ、少し緊張しながら椅子に座る。

「初めてのお客さまには、スコーンと紅茶の『クリームティーセット』がおすすめです。しかし当店自慢のケーキをご所望《しょもう》とあらば、『紅茶とケーキのセット』がご満足いただけるかと。本日のおすすめは『日向夏のタルト』で、紅茶はダージリンのセカンドフラッシュが旬ですよ」

僕はいくらか気圧《けお》されつつ、「それでお願いします」と答えた。

「かしこまりました」

やたらおしゃべりな女性が立ち去ると、ふっと静けさを感じる。

女性がうるさかったわけではない。店内にはお客さんの談笑も聞こえる。けれど静かに感じるのは、店全体に品があるからだろう。

流れる空気に大人の落ち着きがあり、僕は急にそわそわしてしまう。

ここは二十三歳の若造が、普段着でくる店ではないかもしれない。

そんな風に恥ずかしくなってきたところ、女性がカートを押して戻ってきた。

「うちのお店、かっこいいでしょう？　でもお客さんには、ラフというか、カジュアルにきてほしいんですよね。紅茶を飲む習慣を広めたいというのが、オコジョが店をオープンした目的のひとつですから」

主語が妙だけれど、僕は心を読まれた気がしてそれどころではない。

「というのもですね、ご存じですか。国内における紅茶の消費量は、なんとコーヒーの二十五分の一ほどしかないんです。まあコーヒーもおいしいですけどね。でもこういうケーキには、紅茶のほうがあうとオコジョは思いますよ」

カートの上にはケーキの載ったお皿や、紅茶の道具類にカセットコンロ。

そして二本足で立つ、オコジョのぬいぐるみが置かれている。

お店のマスコットだろうか。ぬいぐるみはふわふわした毛の上に、ジレを羽織って蝶《ちょう》ネクタイをしていた。

「さてさて、なんの話でしたっけ。ああ、そうそう。服装です。ホテルのアフタヌーンティーなんかですと、ドレスコードがある場合もあります。そういうお店におしゃれをして行くのも楽しいものでして——」

そこでなぜか、女性はぬいぐるみの頭をむぎゅっと押した。

「こちらが『日向夏のタルト』、紅茶はダージリンのセカンドフラッシュ——」

カートの上を順番に指し示す女性に、僕は違和感を覚える。

ドレスコードを語ったときと、いましゃべっている「声」が違っていた。

おしゃべり状態のときはややアニメっぽい感じだったけれど、いまはイメージ通りの落ち着いた声に聞こえる。

「——そして最後が、オーナーでございます」

落ち着いた声が言うと同時に、カートのぬいぐるみがぺこりとお辞儀した。

「どうも。当ティールームのオーナー、オコジョです。身長は二十八センチ。体重はレモン二個分。名前は『オコジョ』とお呼びください。ちなみにこちらにいる瑠璃《るり》さんは、ヘルプさんでして。当店は絶賛バイト募集中ですよ」

さっきまでのアニメ声が、オコジョのぬいぐるみから聞こえてくる。

それを受けて、瑠璃と呼ばれた女性が落ち着いた声で言った。

「キッチンのところにいるのが、パティシエの千辺《ちべ》ちゃん。自分をイケオジと思っている、ダジャレが好きなシンプルおじさん」

無表情で淡々と言い、瑠璃さんはカウンターの奥を指さす。

紅茶棚の横にドアがあり、その前にコックコートを着たひげの男性がいた。その目はこちらを怪しむように細く、手元はくるくるとピザ生地を回している。

「誰がシンプルおじさんだ。俺はまだ四十五だぞ」

千辺ちゃんと呼ばれた男性は、ピザを回しながらドアの奥に消えた。

「情報量が多すぎる……」

混乱しきりの僕は、うっかり心の声を口に出す。

「そんなときこそ、紅茶で落ち着きましょう」

オコジョのぬいぐるみが言うと、瑠璃さんがガラスのティーポットを構えた。

そうしてじゃばじゃばと、小型の賽銭《さいせん》箱のような器具に湯を注ぐ。

「瑠璃さんがなにをしているかと言うと、温めておいたティーポットとカップのお湯を捨てているんです。これは本来カウンター内での作業ですが、今回は演出というかパフォーマンスですね。ちなみにこの箱は『茶盤《ちゃばん》』と言って、中国茶を入れるときに使うものです。『茶番』とかけたわけですね。尾も白い！」

オコジョのぬいぐるみが尻尾を持ち上げ、白い先端を見せつけてくる。

それを瑠璃さんが一瞥《いちべつ》し、無言で紅茶缶から茶葉をすくった。そうしてガラスポットに、ケトルのお湯を勢いよく注ぐ。

「ここ、ポイントですよ。お湯を注ぐときは、ポットのほうをケトルに近づけるんです。温度を維持するためですね。ほら、見えますか。こうしてお湯を注ぐと、ガラスポットの中で茶葉が動くでしょう？　これは『ジャンピング』と言って、紅茶のおいしさを引きだしています。いわゆる『おいしくなーれ』みたいなものですよ。なので瑠璃さんが、両手でハートを作ってくれてもオッケーです」

オコジョがひょいと見上げると、瑠璃さんが冷ややかに言った。

「オムライスに似顔絵も描ける。オーナーの顔にケチャップをつけて」

それは似顔絵ではなくスタンプだろう。さっきまで瑠璃さんがおしゃべりアニメ声の人だと思っていたので、その口の悪さが逆にしっくりきた。

「さてさて。それでは仕上げとまいりましょう」

なにをするのかと思ったら、オコジョのぬいぐるみは小さな両手で砂時計に抱きつき、それをよいしょとひっくり返した。

そうして三分、沈黙の時間が訪れる。

これはオコジョを鑑賞する癒やしタイムなのか。そもそもこのちっこいのは、本当にオーナーなのか。だとしたらオコジョさんと呼ぶべきか。

いや問題はそこじゃない。なんで動物がしゃべるのか。実は瑠璃さんの腹話術なのか。でも声質が明らかに違う。片方はだいぶ口も悪い。

というか玄関には瑠璃さんしかいなかったのに、聞こえたのはオコジョのアニメ声だった。カートに乗って現れるまで、オコジョはどこに隠れていたのか。

あと四十五歳の千辺さんはシンプルにおじさんだと思うし、紅茶の店でピザ生地をぐるぐるするのも意味がわからない――。

などと必死に情報を処理していると、再びオコジョさんの声が聞こえてきた。

「さあ、どうぞ。ダージリンのセカンドフラッシュです」

瑠璃さん自身は無言のまま、紅茶のカップをテーブルに置く。

カップの高級感もあってか、赤く透き通った紅茶は宝石のように美しい。

そして立ち上る香りの芳《かぐわ》しさに、思わぬ食欲を刺激された。

「いただきます」

抗《あらが》いがたい誘惑に駆られ、僕はカップに口をつける。

「えっ……紅茶……？」

なにかを考えるより先に、体の反応が声に出た。

輪切りのレモンが浮いていたり、ペットボトルに入っていたり。

紙のパックにストローだったり、氷がびっしり入ったカップだったり。

僕はいままでいろんな紅茶を飲み、どれもそれなりにおいしかったと思う。

けれどいま口にしたものは、それらの紅茶とはまるで違っていた。

「砂糖もミルクも入れてないのに、甘い……」

それでいて、じんわりうまい渋みもある。紅茶はものすごく熱いけれど、口の中に留《とど》めてじっくり味わいたい感じだ。

「オコジョが解説しましょう。茶葉につけられた名前は、基本的に産地を表しています。『ダージリン』は、インドのヒマラヤで採れる紅茶ですね。香りが高く、『紅茶のシャンパン』などと呼ばれていますよ」

そう。香りがひたすらによく、匂いを嗅ぎたくて口をつけてしまう。

「ダージリンのファーストフラッシュ――いわゆる初摘みは三月から四月です。この時期の茶葉は峻烈《しゅんれつ》な新芽を感じる味わいで、緑がかった水色《すいしょく》もあり、緑茶に近いと感じるかたが多いようですね」

オコジョさんはつぶらな瞳で、僕の反応をうかがっている。

「でもこれは、セカンドフラッシュなんですよね」

つまりは二番摘み、ということだと思う。

「そうです。茶葉にはそれぞれクオリティシーズンというものがあり、ダージリンは五月から六月の収穫がもっとも味わい深いんです。ヒマラヤのふもとに立ちこめる霧をたっぷり浴びた茶葉は、さわやかな香りはそのままに、紅茶らしい渋みと熟成された風味が楽しめます。丁寧に入れて存分にうまみを引きだすと、おいしすぎてごくごく飲んじゃいますよ」

その通りだった。僕はそこそこの猫舌だし、喉が渇いていたわけでもない。

なのにカップの中には、もう紅茶がなかった。

「霧摘《きりづ》み……紅茶がこんなにおいしいなんて知りませんでした」

人は歳《とし》を取ると、食べ物の好みが変わると言う。でもそれは大人になって、本物を知っただけなのかもしれない。

「素敵な表現ですね。オコジョも現地で浴びましたが、あの霧は実に心地よいものでした。いい感じにひやっとしていて、テンション上がっちゃいましたね」

霧で煙《けぶ》った茶畑を走り回る、白くて細長い生き物――。

僕はそんな空想に頬をゆるませ、はっと我に返った。

もはやオコジョさんと、普通に楽しく会話してしまっている。

こんなメルヘン物語を、このまま受け入れてしまっていいのだろうか。

「さあさあ。二杯目は、タルトとともにお楽しみくださいね。日向夏もダージリンと同じく、いまが旬ですよ。どうぞごゆっくり」

オコジョさんはお辞儀をしたまま、瑠璃さんのカートで運ばれていった。

迷える僕の前には、おいしそうなタルトが置かれている。

タルト生地の上には、スポンジケーキとカスタードクリーム。

多すぎず少なすぎずのバランスで配置された、薄皮を剝《む》いた初夏のミカン。

きっと僕の好きな味だろう。絶対に好きな味だと思う。

そう思うとたしかめたくなり、フォークでタルトの先端を切り崩した。

口へ運ぶと、まず爽《さわ》やかなミカンの香りが鼻を抜けていく。

つぶつぶした歯触りの果肉には、しっかりとした酸味があった。それが甘く濃厚なカスタードに包まれて、互いのおいしさを引き立てる。

うまいうまいと感動していると、舌先にオレンジピールの苦みを感じた。

すると消えかかっていた甘みと酸味が、再び口の中に広がる。

「なんか……すごい……」

軽く泣きそうになりながら、僕はゆっくりとタルトを味わった。

普段はがつんと甘いケーキが好きだけれど、今日食べたかったのはまさにこれだという味がする。こってりしながらさっぱりしたタルトに、うまみの濃い霧摘み紅茶も最高の相性だ。

僕は幸せな時間を満喫し、満ち足りた気分で会計に向かった。

「ご満足、いただけましたか」

瑠璃さんからお釣りを受け取っていると、再びオコジョさんの声が聞こえた。

よく見れば、瑠璃さんが首に巻いた青いスカーフの下に、ちくわほどの竹筒がぶら下がっている。その先端からにゅるりと顔を出しているのは、まぎれもなくオコジョさんだった。

「そんな細いところに、入れるんですね」

我ながら、すっとんきょうなことを聞いていると思う。

「最近ですと、タピオカ用のストローまではいけましたね」

誇らしげな顔をしたオコジョさんのウェストは、推定十三センチ。

いくらなんでもストローはと思うも、いまも直径二センチの竹筒の中にいる。

「さておき当店の紅茶とケーキは、いかがでしたか」

竹筒から出ている顔が、目をきらきらさせて聞いてきた。

「あっ、すみません。紅茶、ものすごくおいしかったです。タルトもいま食べたばかりなのに、また食べたいなと考えていました」

「だったら食べていくかい。タルト以外もうまいよ」

いつの間にかすぐそばに、パティシエの千辺さんが立っている。

「いまならスコーンが焼きたてだ。たっぷり盛ったクロテッドクリームに、自家製のストロベリージャムを塗ってさ。若いんだから、ぺろりだろう」

薄いひげがもみあげとつながった、やたら目が細い四十五歳。袖をまくったコックコートといい、フランクな物言いといい、いかにも職人という渋さがある。

あのタルトを作った人のスコーンなんて、絶対おいしいに決まっていた。

しかし無職の身としては、そこまで自分を甘やかすわけにもいかない。

「ものすごく食べたいです。食べたいんですが——」

僕が断腸の思いを口にしたときだった。

「ひっ」

淡々と会計をしていた瑠璃さんが、なぜか顔を引きつらせている。

いったいなにがと、おびえる視線をたどってみた。

すると窓の向こう、花咲く庭でビーグルっぽい子犬が走っているのが見える。

「困りましたね。やれやれですね」

オコジョさんが竹筒からにゅるりと現れ、キャッシャー台の上で肩をすくめた。

まるでカートゥーンみたいな光景に、思わず笑いそうになる。

「ジョン・ドゥは、近所のお宅で飼われているイングリッシュ・フォックスハウンドなんですけどね。犬種のせいか、英国を思わせるうちの店が気になるようで。あの手この手で脱走しては、庭にやってくるんですよ」

ジョン・ドゥというのが、あのかわいい子犬の名前らしい。

「見ているぶんにはかわいらしいのですが、庭で紅茶を楽しむお客さまもいらっしゃいます。なにより千辺くんも瑠璃さんも、犬が大の苦手でして」

たしかにクールに見えた瑠璃さんが、いまは蒼白《そうはく》の顔で立ちつくしている。

四十不惑《しじゅうふわく》の千辺さんも、細い目を見開いてフリーズしていた。

「一応、庭の隅に囲いは用意してあるんですけどね。オコジョは小さいので、ジョンを取り押さえることができません。元アスリートの常連さんがふたりがかりで挑んだこともありましたが、触れることもできませんでした」

「あのときは、膝がガクガクになったわ」

当人らしき、お客さんたちの声が聞こえてくる。

四十代と思しき女性のふたり組は、どちらも上腕の筋肉がしなやかだった。ジョンのすばしっこさは相当なものらしい。

「タイミングがあえば、僕も挑戦してみますね。ごちそうさまでした」

いつものように微笑んで、お辞儀をして店の外へ出る。

するとドアが閉まり切る前に、常連さんたちの会話が聞こえてきた。

「あの子、あたしたちのリベンジしてくれるかしら」

「社交辞令でしょ。あの体じゃ小回りが利かなくて、転んで尻餅をつくわ」

「失敗して照れ笑いするところ、ちょっと見たいかも」

「かわいい顔してるもんね。がんばれ、ジョン」

僕は苦笑いをしつつ庭へ出る。すると早くも子犬が走ってきた。

「ワン！」

遊んでくれると期待しているのか、ジョンはちぎれんばかりに尻尾を振る。

僕は足を大きく開いて腰を落とし、右手を前に出して牽制《けんせい》した。

すると「待ってました」とばかりに、ジョンが僕の股間を走り抜ける。

読み通りだったので、背中に回していた左手で小さな体をすくい上げた。

「ワン？」

きょとんとしている頭を撫《な》で、庭の隅にあった囲いの中にジョンを下ろす。

さてと再び歩きだすと、背後から両腕をつかまれた。

「ちょっ、なんですか」

振り返ると、瑠璃さんと千辺さんが鼻息荒く僕を押さえている。

「お客さま。お茶の支度ができました」

「いや、瑠璃さん。僕いま飲んだばかり……うわっ」

ふわりと、首筋になにかが触れた。

「紅茶は一日になんども飲むものですよ？　ジョンを捕まえていただいたお礼もありますし、どうかオコジョにご馳走《ちそう》させてください」

耳元でオコジョさんの声が聞こえてくる。

「僕にはバイト探しという用事が、あっ、やめてください。うふっ」

首を一周され、くすぐったさに変な声が出た。

「ほらほら、二周しちゃいますよ。バターになるまで回っちゃいますよ」

それでも我慢していると、オコジョさんが耳元でささやく。

「それにしても、居心地よさそうな耳ですねえ」

2

こうして僕は、耳の中でオコジョを飼う面白人間になった――。

なんてことはなく、あっさり屈して店内に連行されている。常連さんたちに拍手で迎えられ、いまはカウンター席で照れ笑いを浮かべていた。

「いやはや、本当にありがとうございました」

オコジョさんがカウンターの上で、くいっとお辞儀する。

「あのマッドドッグをたやすく捕まえるなんて、あんたただもんじゃないな」

「さっきの動きはカポエイラ。ジムのスタジオメニューで見た」

カウンターの向こうで、千辺さんと瑠璃さんも上機嫌だ。

「僕は近年まれに見る、ただものですよ。格闘技の経験もありません。二十三歳のしがない無職で、池ノ上《いけのうえ》コウと言います」

やたらカタカナが多い名前と背が高いことを除けば、僕にはガクチカのひとつもない。ジョンもかわいい子犬でしかなく、歓待《かんたい》されてもばつが悪い。

「ではなにか、犬を捕まえるコツがあるのですか」

オコジョさんが興味深そうに、くりんと瞳を丸くする。

「生き物の動きを予測する際は、目線や腕の向きがヒントになります。でもフェイントもあるので、最終的には脚の筋肉の張りを見るといいです」

太ももとふくらはぎ。その内側と外側の、どちらに力が入っているか。

それをじっくり観察していると、ある程度は動く方向を予測できる。

「池ノ上さん、以前は動物関係のお仕事を？　オコジョの生態も丸裸です？」

「いいえ、動物は犬を飼っていたくらいで。あとコウで大丈夫です」

僕が答えると、今度はあごひげを撫でていた千辺さんが言った。

「カタギとは思えない知識で、かたくなに職業を隠す。俺がヨーロッパで修業していた頃、そういうやつに何人か会った。クレイジードッグの件は礼を言う。だがな、うちはまっとうな店なんだ。マフィアは帰ってくれ！」

千辺さんの一喝に、店内がざわつく。

瑠璃さんが僕を一瞥し、スマホを操作し始めた。

「待って！　僕カタギ！　サッカーやってました！　通報やめて！」

僕は慌てて訂正する。

「プロ？　部活？」

瑠璃さんがスマホから顔を上げ、表情もなく聞いてくる。

「一応、お金をもらってました。県リーグですけど」

カテゴリーで言えば、みんなが知っている「Jリーグ」は「J1」になる。そこから「J2」、「J3」、「JFL」と下部リーグがあり、僕が所属していた「望口《のぞみくち》ジャイアントキリンズ」は「J6」相当の県クラブだった。

「ただもんじゃないじゃねーか！　ポジションは」

「千辺さん、お好きなんですか？　センターバックです」

簡単に言えば、敵のプレイヤーを通せんぼする役割だ。下高井戸さんが「人当たりがうまい」と言ったのは、その意味も含んでいる。

「英国はフットボール発祥の地だからな。あんた、なんで隠してたんだ？」

「たった一年で辞めたんです。もうサッカー選手じゃないんですよ」

するとオコジョさんが、いやいやと首を振る。

「オコジョは誇れる経歴だと思いますよ。今日だっていくらでも言う機会があったのに、コウさんは奥ゆかしいかたですね」

「そりゃあれだ、オーナー。『Z世代』ってやつさ。いまの若者は同調や共感を重んじて、目立つことを避ける。そんな風にニュースで言ってたぞ」

千辺さんが、ふふんとあごひげを撫でる。

「ふむふむ。Z世代ですか」

なにか考えているのか、オコジョさんも左右に伸びたひげを触っていた。そうしてときどき、ぱたん、ぱたんと、尻尾を左右に動かす。

「とりあえず、お茶にしましょう。クリームティーがいいですね」

小さなオーナーのはからいで、千辺さんが僕に焼きたてのスコーンを、瑠璃さんが熱いミルクティーを用意してくれた。

「スコーンはスコットランド発祥の、小麦粉で作るパンとビスケットの中間のお菓子です。この丸い形は、『王の戴冠式に使われた椅子の土台の石』を模したと言われていますね。そういった背景があるため、スコーンは神聖なもの。ゆえにナイフなどを使わず、手で割ることがよいとされています」

オコジョさんが左右に歩きながら、滔々《とうとう》と解説してくれる。

そういえば下高井戸さんと食べた際にも、

「コウ、特別に五百円で教えてやろう。スコーンはバンズだ。ただハンバーガーみたいにはさむなよ。こいつはクリームとジャムを食うための土台だ」

と、手で割って「蓋」と「底」を作っていた。

「オコジョはその手のマナーが好きではないんですが、スコーンに関しては推奨しています。なぜならナイフで切るよりぽろぽろ崩れず、断面に凹凸ができてクリームがなじみやすいので。さあ、目印の『狼《おおかみ》の口』を開けてください」

きつね色に焼けたスコーンからは、ほくほくと香ばしい匂いが漂っていた。

僕はひとつを手に取って、横からじっくり観察する。

蓋と底を分ける切り取り線のように、中央にひび割れが走っていた。

これがオコジョさんの言う、『狼の口』らしい。

ホタテ貝を開けるイメージで、切り取り線を上下にぱかっと割ってみる。

スコーンはたやすく蓋と底に分かれ、白い断面をあらわにした。

「クロテッドクリームは、バターと生クリームの中間の存在ですね。スコーンはこの濃厚なクリームを食べるために作られたお菓子、なんて言う人もいます。どうぞ遠慮なく、たっぷりと盛ってください」

オコジョさんの勧めに従い、クリームをナイフでたっぷりすくいとる。

それをひとまず皿に置き、食べる分だけスコーンに塗った。

「ちょっと待った」

千辺さんが言葉で制し、細い目をさらに細める。

「いまうちのオーナーは、『盛って』と言ったはずだぞ。だがあんたのそれは、どう見ても『塗った』だ。普段の俺なら、食べかたに文句なんてつけない。バカ盛りしてクリームおかわりも歓迎だし、ダイエットを気にしての控えめ塗りもオーケーだ。だがあんたのはだめだ。だめだぞ、ええと、令和キッズ！」

怒れる千辺さんを、横の瑠璃さんがどうどうとなだめる。

「ごめん、コウくん。千辺ちゃんはおじさんだから。いまさっき自分で言った『Z世代』を、思いだせなかっただけだから」

謎の罵声に合点《がてん》はいったけれど、千辺さんが不機嫌な理由はわからない。

「千辺くんが言いたいこと、オコジョにはわかりますよ。ですが、まずは召し上がってください。スコーンは焼きたてが一番おいしいので」

僕はクリームの上に、イチゴのジャムを塗った。

スコーンの熱でクリームが少し溶けていて、なんとも食欲をそそられる。

「いただきます」

ひとくちかじると、外側のさくさく感がまずおいしい。

続くこってりしたクリームには、罪悪感を覚えるうまさがある。けれどイチゴジャムの健全な甘酸っぱさが、それを「ギリセーフ」のラインまで戻してくれた。

最後に生地が口の中でほろほろ溶けると、すぐに二口目が欲しくなる。

「おいしいです。たしかにクリームをたっぷり盛ったほうがいいかも」

言って笑うと、千辺さんが拗《す》ねたように口をとがらせた。

「笑顔は愛嬌《あいきょう》あるんだが、性格がいかんせん、いかんせんだな」

「仕事には十分。紅茶も飲んで」

瑠璃さんの物言いに引っかかりを覚えつつ、紅茶のカップに口をつける。

「おいしいです。さっきと種類が違う紅茶なのかな」

スコーンで口の中がぱさつくと、ミルクティーを飲みたくなる。飲むとスコーンが欲しくなって食べる。口に残ったまろやかなミルクティーの味と香りで、スコーンがさっきよりもおいしく感じられる。

このループは食べるほどに加速し、スコーンと紅茶はすぐになくなった。

「ミルクティーに最適な茶葉は、渋みの少ないアッサム。この組みあわせをきらう人はいない。コウくんの笑顔と一緒」

瑠璃さんに露骨なご機嫌取りをされ、僕は笑顔も忘れて戸惑う。

「話を戻しましょうか。さっきの千辺くん憤怒《ふんぬ》の件です」

オコジョさんはどこか楽しげに、尻尾をふよふよと揺らしている。

「最初にクリームを塗る前に、コウさんは一瞬だけ千辺くんを見ましたね」

　僕は二杯目の紅茶を飲みつつ、首をひねった。

「すみません。よく覚えてないです」

「では無意識のようですね。コウさんがクロテッドクリームを盛らなかったのは、目の前にパティシエがいる手前、『スコーンそのものの味を楽しまないと失礼かもしれない』。そんな風に忖度《そんたく》したのだと、千辺くんは感じたのでしょう」

　すぐには言葉が出なかった。けれど無意識にそれをやってしまう自分を、僕はなんとなく理解できてしまう。

「スコーンは誰でも作れるお菓子でして。八歳の子が初めて作っても、修業を重ねたパティシエが作っても、どっちも素朴なおいしさなんです。そんなお菓子で気をつかわれたと感じ、千辺くんは『ああもう！』となってしまったんでしょう」

　千辺さんが、「そう！」と肯定した。

「スコーンは組み立て式の家具と同じだ。未完成な状態で手元に届いて、最後の工程はお客さんに委《ゆだ》ねる。家具の『組み立て』は面倒だが、自分が手間をかけたぶん愛着もわくだろ？　スコーンも自分で『味つけ』して完成させるからこそ、いっそううまく感じられるんだ」

僕は「スコーンをおいしく完成させる」という楽しみを、パティシエに対する配慮で放棄した。だから千辺さんは悲しんだということらしい。

「選手時代、自分よりキャリアが上の選手に気をつかい、受けやすい、つまりは甘いパスを出して敵に奪われたことがあります。上辺だけの敬意は、ときにもっとも敬意を欠く行為だと知りました。千辺さん、申し訳ありません」

僕はパティシエに頭を下げた。

「なんだその、言うの三回目みたいなエピソード謝罪……まあいい。コウは謝る必要なんてないぞ。まだお客さんだからな」

「えっと、『まだ』ってどういう意味ですか」

僕の疑問に答えてくれたのは、小さなオーナーだった。

「コウさん、このお店で働きませんか」

予想外、というわけでもない。アーミンズティールームはバイトを募集中と聞いていたし、僕はみんなが手を焼く子犬のジョンを捕まえている。

お店にとっては欲しい人材。そんな僕はちょうどバイトを探している。しかも先輩からは接客業を勧められていた。需要と供給は完全に一致している。

けれどそのパズルには、もっとも大きなピースが欠けていた。

「お誘いはうれしいんですが、百九十センチで飲食店は厳しいかと――」

言いながら店を振り返り、おやと思う。

洋風の建築だからか天井が高く、頭をぶつける鴨居はない。それにこれだけ空間が広ければ、大男の圧迫感も薄まりそうだ。

「厳しいです？　お客さまにリラックスしてほしくて、うちは面積に比べて席は少なめです。二回出入りしても、コウさんは玄関で頭をぶつけてませんよ？」

オコジョさんは首をかしげるように、全身を傾けていた。

「でも僕は、サッカー以外になにもやってきていません。おまけにそのサッカーをやめた根性なしなので、『ガクチカ』もありません」

下高井戸さんに聞いたことがある。昔の就活ではスポーツ経験者、いわゆる「体育会系」が優遇されたらしい。勝者のメンタリティを知っていて、集団内でのコミュニケーション能力にも優れているためだという。

しかし現代では、それが不利に働く。サッカー「だけ」の僕たちは常識が欠けていると判断され、就活で泣かされることが多いそうだ。

若い人から辞めていく業界なので、下高井戸さんはセカンドキャリアに苦しむ後輩をたくさん見てきた。だから僕にもバイトを勧めたのだろう。

「バイトを『ガクチカ』にする学生もいる。百九十センチあれば脚立《きゃたつ》なしで天井近くの紅茶を取れる。手足が長い人ほど制服は似あう」

はい論破とでもいうように、瑠璃さんがメリットを列挙した。

「コウ、俺のまかないピザは絶品だぞ。働けばスイーツも従業員割りで買える。アフタヌーンティーはシーズンでメニューが変わるから、試食も多い」

もう同僚という口ぶりで、千辺さんが食べ物で釣ってくる。

「えっと、ならこうしませんか。僕は客として、まめにお店にきます。ジョンが脱走したら捕まえます。必要ならば紅茶缶も取ります。僕が役に立ったら、まかないピザをご相伴《しょうばん》にあずからせてください」

やんわり断ると、オコジョさんが「なるほど」とうなずいた。

「コウさんは、この店を気に入ってくれたんですね。今後も来店したいから、働いてすぐに辞めるようなことはしたくないと」

思わぬ鋭さに、僕はごまかし笑いを浮かべていた。

「オコジョはこんなにふわふわですが、面倒見はいいです。モフモフ動物界の小さめ部門ランキング一位ですが、簡単にやめてもらったりはしませんよ？」

あざとい文句を無理やり混ぜこんで、オコジョさんが僕を誘惑する。

「少し……考えさせてもらえませんか。この紅茶を飲み終わるまで」

僕の頼みは聞き届けられ、カウンター席でひとりにしてもらえた。

紅茶を飲みながら、ぼんやりと店内を眺める。

アンティークなインテリアは、日常にほど近い非日常だと感じた。ほんのり浮世を離れた感があり、それでいて居心地のよさもある。

窓の向こうに目をやると、花々が鮮やかに咲く庭が見えた。

木陰のカフェテーブルでは、メガネをかけた女性が本を読んでいる。その優しげな目に、この時間を大切にしている様子がうかがえた。

再び店内に視線を戻す。

千辺さんも瑠璃さんも、くせが強いけど悪い人ではないだろう。

オコジョさんに至ってはおしゃべりも楽しいし、しゃべってなくても見ていられるかわいさがある。

サッカーをやめてからも笑っていたけれど、たぶん僕は空っぽだった。

やりたいことが見つからないし、見つけようともしていない。

少し気を抜くと、未練がましく頭の中で下高井戸さんと会話してしまう。

でもこのお店で働けば、少しは前に進めるかもしれない。

「お茶の支度ができました。本日のアミューズは――」

オコジョさんの声が遠くで聞こえる。

窓際の席に置かれたカートの上で、小さいオーナーが弁舌《べんぜつ》を振るっていた。

常連女性ふたりのテーブルには、三段重ねの銀食器が置いてある。最上段には彩り豊かなタルトやケーキ、下にはスコーンとサンドイッチが並んでいた。

「どうもどうも。コウさん、アフタヌーンティーに興味がおありです？」

オコジョさんが瑠璃さんのカートで戻ってきて、カウンターにひらりと乗る。

「おいしそうなものばかりで、見ていてわくわくしました」

ただマナーも知らないし、金額も高そうなので僕とは無縁だろう。

「英国で始まったアフタヌーンティーは、元は貴族社交の一環でして。主催者が自分の地位を顕示《けんじ》して、礼儀や教養がためされる『茶会』だったんです」

それはますます、敷居《しきい》が高い。

「ですが現在は、少し気取って食事を楽しむ『お茶会』という感じでして。ご予約は必要ですが、うちは値段もお手頃ですよ？」

オコジョさんが言う通り、常連さんたちは華やかな装《よそお》いだった。ドレスというほどではないものの、おめかしはしていると思う。

僕以外にもラフな服装のお客さんはいるので、「少し気取る」のはマナーというよりアフタヌーンティーを楽しむコツなのかもしれない。

「それに当店のアフタヌーンティーには、ちょっぴり秘密もあります」

オコジョさんが小さな指を口にあて、目だけで笑っているように見える。

「ここで働けば、その秘密をたしかめられそうですね」

僕の返答に、オコジョさんが目を輝かせた――ときだった。

「すみません。雨宿りさせてください」

庭のカフェテーブルにいたメガネの女性が、店のドアを開けて入ってくる。

「降られましたか。ムロさん、タオルを使ってください」

オコジョさんが言い、瑠璃さんがカウンターの下からタオルを出した。

「ありがとうございます。オコジョさんとの旅行、主人が楽しみにしていました」

常連らしい会話の最中、またドアを開けて人が入ってくる。

「まったく。ジョンは逃げるわ、雨に降られるわ。今日は災難だ」

七十年配の男性は、スウェットの首元からジョンをのぞかせていた。

「ああ、スズカケさんも。晴れの予報だったのに、妙な天気ですねえ」

オコジョさんが不思議そうに、窓の向こうの曇天《どんてん》を見つめる。

「そうだ、スズカケさん。こちら、ジョンを捕まえてくれたコウさんです。これからはうちで働いて——あれ？　コウさんどうされました。顔色が……」

「すみません。やっぱり僕は、ここでは働けません」

ごちそうさまでしたと、席を立って店を出る。

ボディバッグから折り畳み傘を出し、雨の中を歩きだした。

いつものようには、笑顔を浮かべていなかったと思う。

3

大学のときに実家を出て以来、僕は望口《のぞみくち》でひとり暮らしをしている。ワンルームで家賃は五万二千円。相場よりも少し安い。けれど家の周りを螺旋階段《らせんかいだん》のように坂が囲んでいて、陽《ひ》はまったく当たらない。

だから雨が降っても降らなくても、洗濯物はいつも部屋干しだった。

「ポスターが、はがれかかってる」

僕は洗濯干しの手を止めて壁を見る。

常に湿度が高いせいか、テープで貼ったポスターの端が丸くめくれていた。

最初はファンの気分で。学生時代はご利益を求めて。

プロになってからはインスピレーションを得ようとして、僕は自分のヒーローを壁に掲げていた。

若くして亡くなった、日本代表の守備の要《かなめ》。闘争心むきだしなのに駆け引きもうまい彼のプレーに、僕はおおいに影響を受けている。

影響と言えば、彼のような代表レベルの選手には共通点があった。

それはサッカーを始めた理由が、「兄がプレーしていたから」であること。

先に始めた兄を手本にできるため、弟は兄より伸びることが多い。

僕の場合、姉が地元のサッカークラブに通っていた。一緒に遊びたくて僕も入ったけれど、姉がプレーしたのは低学年までだった。

けれど姉がいなくなっても、サッカーは楽しかった。

中学、高校と、強豪校ではないものの、運よく選手権にも出られた。

日常では役に立たない身長も、スポーツではこれ以上ない武器になる。

足下の技術がなかったのに、僕は恵体のおかげでセレクションを受けられた。

要するに、スポーツ推薦で名門サッカー部のある大学に入れた。

好きなことをずっと続けられたので、大学生活は楽しかった。

もちろん、プロになろうなんて夢は見ない。

世代別の代表に選ばれる先輩たちと自分では、次元があまりに違う。僕のサッカー人生は大学までと、身をもって理解していた。

では就活はどうするか。教育学部に在籍しているものの、自分が教師に向いているとは思えない。趣味も特技も人間関係も、サッカー以外にまったくない。

そんなときに、またも運よく県クラブの練習に誘われた。

僕よりうまい選手はいくらでもいたけれど、ディフェンダーは数字より印象で評価される。たとえば背の高さとか。

好きなことを続けられるならと、僕は深く考えずに参加を申し出た。

すると翌年からの契約を打診された。つまりサッカーが仕事になった。

とはいえ県リーグに所属する選手は、一般人がイメージするプロサッカー選手とは大きく異なる。

ひとことで言えば、給料がない。

もちろん上位カテゴリーを目指す大きなクラブは、高い年俸を払って元代表のベテラン選手を抱えていたりする。グラウンドもきちんと天然芝だ。

けれど一般的な県クラブの所属選手は、サッカーだけでは食べていけない。

日中はスポンサーやクラブが斡旋《あっせん》した、別の職場で働くことになる。

僕は幸運にもサッカーでお金をもらえていたけれど、月給に換算すると三万円だった。金額的にもアマチュア契約なのに、僕たちのカテゴリーではお金をもらっているだけで「プロ」と見なされたりする。

しかし三万円では家賃だって払えない。僕もオーナー企業の契約社員として、ロジスティクス部門――つまりは倉庫業に従事していた。

朝の九時から夕方の五時まで荷運びをして、終業後の夜に練習。

リーグの試合は土日なので、一年を通して休みはない。

けれどなんとか耐えて成果を残せば、サッカーに集中できる上位チームに移籍できる。ＭＶＰクラスの活躍なら、一足飛びに上のカテゴリーだ。

そんな夢を見る選手は多いけれど、仕事が長引けば練習にも参加できない。

満足に練習できなければ、試合で結果を残せない。

そうして疲労とストレスが蓄積したある日、ふっと考えてしまう。

「『俺がやりたかったことはこれなのか』ってな。答えはすぐに出る。一年目のやつは引退して転職。二年目のやつはサッカーだけやめて会社に残る。運よくケガもせず三年耐えられたやつだけが、社会人リーガーを続けられるんだ」

そう言った下高井戸さんは八年目。ポジションは中盤の底のボランチで、フォークリフトの免許を持っていた。どちらの職場でも僕らは居場所が近い。

「コウは野心がないな。石にかじりついてでも上に行きたいって感じじゃない。単にサッカーが好きだから、いまも続けてるんだろ。そういうサッカー小僧は上に行ければ活躍するが、おまえへたくそだもんなあ」

ピッチの上で、僕はいつも下高井戸さんの背中を見ていた。

下高井戸さんは九十分間ずっと、せわしなく首を動かしている。味方と敵の位置を常に把握しているから、ボールを受けた瞬間にノールックでパスを出せる。僕が相手に抜かれたときも、いつの間にか背後でカバーしてくれる。

僕が一緒にプレーした中で、下高井戸さんは一番サッカーがうまかった。へたくそ扱いされても腹が立たないどころか、申し訳なさしかない。

実際、僕はスタメンに入れず、ベンチをあたためる日が増えた。代わってメンバー入りした選手は、僕よりも身長が十五センチ低く、無給だった。

「コウが実力でスタメンを奪い返すには、三年はかかるな。そこで俺が特別に四百円で、秘策を授けてやろう」

守備を生業《なりわい》とするディフェンダーは、数字ではなく印象で評価される。

けれどその両方を押し上げる方法が、ひとつだけあった。

「コウ。今日は必ず点を取れ。そんでうまいケーキを食いにいくぞ」

下高井戸さんにそう言われたけれど、僕は点を取るポジションじゃない。

そもそもベンチだし――と思っていたら、出番が回ってきた。

その日は雨が降っていて、ピッチコンディションは最悪だった。足下の技術が役に立たない状況では、フィジカルの強さが物を言う。

スコアレスで迎えた後半、監督はセンターバックの交替というカードを切った。

それは「パワープレイ」を意味するもので、ゴール前で背の高い味方選手にボールを集めてゴリ押せという指示になる。

ボールが敵陣のゴールラインを割り、自チームのコーナーキックというタイミングで僕は投入された。キッカーの下高井戸さんと目があう。

かなりのハイボールが飛んできた。ゴールキーパーの手が伸びてくる。

けれどそれよりもわずかに早く、僕の額がボールに触れた。

初得点後のケーキは、めちゃくちゃおいしかった。

翌週の試合も雨で、僕はやはり後半から投入された。すると前の試合と同じ展開になり、僕は下高井戸さんとアイスカフェラテで祝杯を上げた。

「練習でうまくなるのは時間がかかるが、意識は一秒で変えられる。コウ、おまえはもっと前に出ろ。点を取って生き残れ」

そうして僕は、「レインジャイアント」と呼ばれるようになった。監督が僕を雨の日に使うようになったのは、下高井戸さんの入れ知恵があったと思う。

その頃から僕は、空を見上げる癖がついた。

季節のせいか雨はよく降り、僕は出場するたびに得点、ないしは印象に残るプレーができた。下高井戸さんの助言のおかげだ。

「上を目指したやつらは、サッカー自体やめちまった。そして苦しみながらも、セカンドキャリアを楽しんでる。俺にあいつらみたいな勇気はない。サッカーに全振りした人間は、ほかのなにかを一から始めるのが怖いんだ」

ある日の試合後にそう言って、下高井戸さんはパフェを頬張った。

アスリートとして健康管理に気は使うけれど、ストイックにはなりきれない。だからいいプレーができた日には、スイーツを食べることも解禁する。

それは僕へのねぎらいであると同時に、下高井戸さんにとっては現状維持のための言い訳だったのかもしれない。

「いまとなっては、それが俺の『サッカーを好きな理由』だ。コウもそうだろ」

下高井戸さんほど自虐的でないものの、僕にも同じ気持ちはある。

だから雨を待望し、紅茶を飲み、僕たちは「部活の延長」を続けていた。

終わりのきっかけは、晴れた日の試合だった。

活躍の印象は強かったらしく、監督はスタメンでも僕を起用してくれた。期待されているのは得点だけれど、なかなかチャンスはこない。

しかし後半になって雨が降り始め、誰かが言った。

「レインジャイアントが雨雲を呼び寄せた。この試合、勝てるぞ」

ピッチがぬかるむほどではなかったけれど、雨で試合の流れは変わった。

明らかに味方の動きがよくなり、チームは念願のコーナーキックを得た。

僕はペナルティエリアに上がり、意識をキッカーの下高井戸さんに集中させる。

飛んできたボールに向けて、敵と競りあいながら飛び上がった。

ボールは髪をかすめた。着地する足も濡《ぬ》れた芝ですべった。

立ち上がれなかった僕は、全治二ヶ月と診断された。

しばらくは倉庫の仕事も休み、リハビリ中にシーズンが終わった。

三万円の選手契約は打ち切られた。チームをクビになったわけではないので、会社には残れる。ケガさえ治ればサッカーも続けられる。

そんな折、家族からうれしい報告があった。

僕がサッカーを始めた理由は、「姉」の影響だ。

そして僕の影響を受け、「弟」もサッカーを始めている。

そんな弟が、ユースからトップチームへ昇格が決まった。カテゴリーは僕よりずっと上の「J2」だから、きちんとサッカーで食べていける。

ケガと、契約の打ち切りと、弟のJリーグ入りはほぼ同時期だった。

僕は自分でも驚くくらい、あっさりとサッカーをやめる決断をした。

「おかげさまで、今日まで楽しくサッカーをできました。うまければ続けていけたかもしれませんが、僕はフィジカルだけなので引き際だと思います」

下高井戸さんに報告したとき、僕はうっかり泣いてしまった。

悔しかった。本当はやめたくない。そういう気持ちじゃない。

自分がサッカーを続けられたのは、周囲の人々に支えられたおかげだ。

そのことにあらためて気づき、感謝の想いがあふれてしまった。

「俺たちみたいなのは、ずっとクビになることを待ってるよな。そうしないとやめられない。だから、よかったんじゃないか」

弟のことはきっかけではあるけれど、それはネガティブな感情じゃない。

けれど誰かに背中を押してほしいとは、どこかで願っていたと思う。

「僕は身長のおかげで、本来の実力以上のサッカー人生を歩むことができました。これは自虐じゃなくて、下高井戸さんへの感謝ですよ」

「コウはいつも笑ってるが、こんなときでもそうなんだな」

「クビにされたと怒っていると、次の仕事が決まらなそうですし」

「まあいいさ。コウ、おまえの『ガクチカ』はなんだ」

そんな風に僕はクラブを去り、現在に至る。

「もう、剝がそうか」

気がつけば、ずいぶん長くポスターを眺めていた。

サッカーをやめたいまとなっては、ヒーローからインスピレーションをもらっても持てあます。かといってすぐに剝がすのも薄情だ。

どうしたものかと悩んでいると、玄関で小さく物音がした。

振り返ると、たたきの上に封筒が落ちていることに気づく。

郵便受けはエントランスにあるし、午後の八時に検針作業もないだろう。大家さんのような関係者であれば、直接の投函《とうかん》もありえるか。

なにかトラブルの予感がして、僕は急いで封筒を拾った。

「ＩＮＶＩＴＡＴＩＯＮ……って、招待状だっけ。どこから」

封筒を裏返すと、開け口は蠟《ろう》で封じられていた。そこにハンコのように、見覚えのある動物とティーカップのシルエットが押されている。

アーミンズティールームからの手紙だと気づき、不思議に思いつつ開封した。

中には便箋《びんせん》が一枚入っていて、短い文章が綴《つづ》られている。どうやら明日の午後四時に、僕をお茶会に招待してくれるらしい。

「アフタヌーンティーに、興味があるって言ったから……？」

うれしいけれど昨日の今日では気まずいし、金銭的な余裕もない。

「オコジョの招待ですので、お代はいりませんよ？」

「うわっ」

驚いて顔を上げると、新聞受けからオコジョさんが顔を出していた。

「すみません、コウさん。驚かせてしまったようで」

オコジョさんが首だけの状態で、ひげをしょんぼりと下ろす。

「あ、いえ。この雨の中を、わざわざ届けにきてくださったんですか」

「はい。急がないと、コウさんが別の働き口を見つけそうですし。雨で匂いは消えかけていましたが、オコジョがんばりました」

今度は口元のひげが、ピンと立っている。

「すみません、オコジョさん。僕はやっぱり働けません」

「残念です。とはいえ千辺くんも瑠璃さんも楽しみにしていますので、お茶会だけでもきていただけませんか」

「僕、ふたりを楽しみにさせるようなことしましたっけ」

「またジョンが――コウさんの笑顔が素敵なので」

やや釈然としないけれど、「楽しみにしている」と言われると断りにくい。

「わかりました。明日の午後四時、おなかを空かせてうかがいます」

「はい。胴を長くしてお待ちしています」

「もう長いじゃないですか」

「おお、いいツッコミですね。ますます働いてほしくなりました」

僕は微笑んで、オコジョさんの言葉を聞き流した。

それからしばらく見つめあって、あることに気づく。

「あの、オコジョさん」

「はい」

「もしかして、首が抜けないとかですか」

「はい」

オコジョさんがいたって真面目に答えるので、僕は思わず笑ってしまった。

「あんなに細い竹筒に入れるのに」

「筒であれば小さくても入れますが、新聞受けは穴ですので」

そういうものかと、蓋を持ち上げてオコジョさんを解放する。

「いやはや、助かりました。それでは明日、午後四時に」

ドアを開けると、廊下でオコジョさんがぺこりと頭を下げていた。

「あ、待ってください。濡れるんで送っていきますよ」

「このくらいの雨なら、ロンドンでは傘なんて差しませんよ」

オコジョさんはちょっと驚くくらいの素早さで、雨の向こうに消えていった。

4

ドレスコードはないと言っても、やっぱり多少は気をつかう。

ネットでアフタヌーンティーのマナーを調べると、男性の場合は「スマートカジュアル」がよいとされていた。要するにジャケットとパンツだ。

高身長の悲しさで、僕は既製の服だとサイズがあわない。クローゼットにジャケットはなく、唯一着ていけそうなのはオーダーで作ったスーツだった。

「普段スーツを着ないから、逆にノーネクタイだと落ち着かないな……」

鏡を見て試行錯誤した結果、ブルーのネクタイを結ぶ。

かくして僕は神妙な顔で『やっぱり働けません』などと言ったくせに、ガチガチの就活生スタイルで店を訪れることになった。

庭を横目に玄関アプローチを進むと、ポーチに瑠璃さんが立っている。

「どうもどうも。お待ちしておりました。コウさんはスーツが似あいますねえ。オコジョもうらやむスタイルのよさですよ」

暖簾《のれん》のように瑠璃さんのスカーフを持ち上げ、オコジョさんが親指を立てた。

「人気確約」

瑠璃さんも切れ長の目を少しだけ開き、やっぱり親指を立てている。

かしこまりすぎと笑われるかもしれない。そんな心配は杞憂《きゆう》に終わり、オコジョさんたちは僕を全肯定してくれた。

「今日は、奥の席へご案内しますね」

竹筒の中のオコジョさんが言い、瑠璃さんが先を歩く。

ティールームは長方形だと思っていたけれど、奥の壁を迂回《うかい》するともうひとつ部屋があった。ドアはないものの、個室にほど近い形になっている。

六畳ほどの室内には、アンティークなローテーブルがあった。

椅子はソファに近い長いタイプで、脚に貴族っぽい彫刻が施されている。

「それでは少々お待ちを」

竹筒のオコジョさんを連れて、瑠璃さんが部屋を出ていった。

僕は手持ち無沙汰になり、周囲の壁をぼんやりと眺める。

額装されたモノクロ写真が、あちこちに飾られていた。

おそらくはイギリスで撮影したものだろう。僕でも知っているビッグベンやピカデリー広場を背景に、いまと変わらぬオコジョさんが写っている。

そしてなんの気なしに見ていた一枚に、僕は思わず立ち上がった。

「この写真のスタジアム、オールド・トラフォードだ。オコジョさんと一緒に写っているのは……サー・ボビー・チャールトン!?」

六十年代に活躍した、プレミアリーグのレジェンド選手。

そんな人とオコジョさんが並んでいることに、僕は驚きを隠せない。

「オコジョさん、いったいいくつなんだ……」

ほかにもすごい写真がないか、目を皿にして探す。

けれど大半は、教会やティールームを撮影したものだった。

オコジョさんは、修道服を着た女性と一緒に写っていることが多い。肩に乗ったり抱きかかえられたりと、かなり打ち解けた間柄のようだ。

「コウさん、お茶の支度ができましたよ」

瑠璃さんが押すカートに乗って、オコジョさんがやってきた。アフタヌーンティーは三段スタンドだけではないらしく、千辺さんも手伝いにきている。

「アミューズは、鰆《さわら》のエスカベッシュです。エスカベッシュはスペイン風の南蛮漬《なんばんづ》けですね。スープはオニオンコンソメで、冷めてもおいしいですよ」

オコジョさんが身振り手振りで、メニューを説明してくれた。

事前にマナーを調べてきたので、「アミューズ」は居酒屋の「つきだし」的なものだと知っている。まずはこれを食べるといいらしい。

「続いてティースタンドの一段目。セイボリーは、きゅうりとローストビーフのサンドイッチですね。オコジョサイズなので、そのまま手でつまんでください」

オコジョさんの解説が終わると、今度は千辺さんが語り始める。

「コウ、知ってるか。サンドイッチという名前の由来は――」

「あ、知ってます」

サンドウィッチ伯爵《はくしゃく》から名を取ったという雑学は、かなり有名だろう。

「千辺ちゃんは雑に扱うべし。コウくんは筋がいい」

「なんの筋だよ！　だがまあ、遠慮されるよりはいいな」

瑠璃さんと千辺さんのかけあいに笑い、緊張が少しやわらいだ。

「お茶会らしく、なごんできましたね」

オコジョさんが目を細めて、料理の説明を続ける。

「二段目の温料理は、おなじみのスコーンとフィッシュアンドチップスですね。三段目のプティフールは、日向夏のタルトとケンブリッジ・クリーム、そしてチョコレートケーキです。これぞ英国、というチョイスですね」

昨日見た女性ふたりのアフタヌーンティーと比べると、今回のスタンドは地味だった。黄色が中心でアクセントに黒というカラーリングは、まるで――。

「コウさん、どうかしましたか」

「あ、いえ。おいしそうなので、目移りしていました」

人間はなんでも、都合がいいように解釈する。時計を見たら偶然誕生日の日付だったりするのは、それ以外の時刻を覚えてないだけだ。

「普段は紅茶の種類をお選びいただけます。今回はご招待ということで、オコジョが選りすぐってみましたよ。ダージリンのファーストフラッシュです」

オコジョさんが言い、瑠璃さんがすべらせるようにカップを置いた。

昨日聞いた通り、本当に緑茶に近い色をしている。

「いただきます」

口に含むとすっきりしていて、ほのかなうまみがなるほどお茶っぽい。

「前に飲んだ霧摘みとは、かなり違う感じですね」

「ですです。採集時期、製法、そして入れかたによって、紅茶は大きく味が変わります。紅茶鑑定士が茶葉を厳選し、瑠璃さんのようなティー・インストラクターが丁寧に入れることで、ようやく同じ味が保証されるんですよ」

オコジョさんが誇らしげに、瑠璃さんに手を差し向ける。

「大丈夫。コウくんもすぐにできる」

瑠璃さんのストレートな誘い文句に、僕は居住まいを正した。

「すみません。あれからきちんと考えましたが、やっぱり僕は――」

「コウ、せっかくの料理が冷めちまう。お茶会なんだから、食いながらしゃべっていいんだぞ」

千辺さんにうながされ、それもそうかとエスカベッシュに口をつける。

「うわ、めちゃめちゃおいしい」

揚げた鰆は香ばしく、酸っぱいトマトソースとの相性が絶妙だった。ひとくち分なのが残念で、いますぐにおかわりが欲しい。

「最初に、結論を言ってしまいましょう。ほっ」

料理にうつつを抜かしていると、オコジョさんがワゴンから飛んできた。

「コウさん。『雨男』なんて、科学的にありえませんよ？」

向かいの長椅子で、オコジョさんが煽《あお》るように体を左右に傾ける。

「アフタヌーンティーは、スタンドの下から順番に食べるんですよね」

僕は動揺を隠しつつ、サンドイッチに手を伸ばした。

「それがよいとされていますが、焼きたてのスコーンからでもかまいません。味つけが薄いものから食べるというのも、お寿司《すし》と同じく好みです。ですがコウさんの考えかたを、オコジョは好ましく思いませんよ？」

ローストビーフのサンドイッチは、汁気のあるソースが食べやすい。

「コウさんは『レインジャイアント』時代、なんども雨に助けられましたね。やがて空を見上げて、雨を願うようになります」

まるで見てきたかのように、オコジョさんが言う。

「そのせいでしょうか。外出先でもよく雨が降る気がしました。自分は本当に雨男かもしれない。コウさんは、そう信じるようになりました」

スープもたまねぎとは思えないほど、こってりしたうまみがあった。

「ですがサッカーを引退したいま、雨男はむしろ足を引っ張ります。たとえば働いてみたいと思えるティールームがあっても、『雨男の自分は身を引くべきだ。庭で紅茶を楽しむお客さんがいるから』。そう思ってますよね？」

狼狽《ろうばい》のあまり、僕はスコーンに想定以上のクリームを載せてしまう。

昨日は突然の雨が降り、庭のカフェテーブルにいた女性は読書を中断した。ジョンの飼い主も濡れて悪態をつき、店内の落ち着いた雰囲気はなくなった。

僕が好きになった店の空気は、僕がいると壊れてしまう。

「僕のことを、調べたんですか」

やけ気味に、クロテッドクリームたっぷりのスコーンにかぶりついた。感情は荒《すさ》んでいるのに、濃厚な味に意思が負けて口角が上がる。

「調べてませんよ。先日来店したコウさんは、ボディバッグと言うんですか。小さなバッグを背中に巻いていましたね」

僕はうなずき、フィッシュアンドチップスに手を伸ばした。

「ああいうバッグを好む人は、必要最小限の物だけを持ち歩いて、両手を空けておきたいんだと思います。そんな人のバッグから折り畳み傘が出てきた矛盾に、オコジョは驚きを隠せません」

いつでも傘だけ持ち歩くのは、雨男くらいと言いたいのだろう。

「それは……関係……ない……でしょう……」

反論したいのに、魚のフライと揚げたポテトを食べる手が止まらない。

「……ふう。オコジョさんこそ、矛盾してますよ。僕のことを調べてないと、『レインジャイアント』なんて言葉は知らないはずです」

斬りこむと、オコジョさんは「てへっ」と舌を出した。

「本当に、調べたわけではないんですよ。お茶会に参加したお客さんの気持ちが、オコジョにはなんとなくわかるんです。それが昨日にお話しした、アフタヌーンティーの『秘密』なんですよ」

たしかに昨日の別れ際、オコジョさんはそんなことを言っていた。

「じゃあ『レインジャイアント』を始めとした僕の過去は、オコジョさんが心を読み取ったとしましょう。ではこのメニューは、どう説明するつもりですか」

僕は銀色のスタンドに指をつきつけた。

「この黄色と黒を基調としたメニューは、明らかに『望口ジャイアントキリンズ』のチームカラーを意識してますよね。千辺さんに調べさせたんじゃないですか」

古巣の黄色と黒のユニフォームは、キリンをモチーフにしている。僕を励ますために調べでもしない限り、こんな偏った色味にはならない。

「……コウさん。ティースタンドのメニューが黄色に偏っているのは、完全に偶然です。ガチのマジです。ねえ、千辺くん」

「お、おう。ガチのマジだぞ。若い男の好きそうなメニューを選んだだけだ」

オコジョさんも千辺さんも、なんなら若干引いていた。

「かわいらしいこと」

瑠璃さんが僕を鼻で笑い、千辺さんも口元を押さえる。

「笑ってやるなよ、瑠璃。コウはそういうお年頃なんだ。くくっ」

「若いときは、誰でもそういう時期がありますねえ。オコジョにもありました。自分の中に悪魔がいるという設定で、『静まれ我が右腕』的な」

オコジョさんが右腕を押さえ、「くっ……！」としかめ面《つら》になった。

「人を中二病みたいに言わないでください！」

「いいぞ、コウ。その調子で自分をさらけだせ、令和キッ――」

「Z世代！」

食い気味に千辺さんにつっこむと、みんなが笑った。

いまの自分が興奮状態であることはわかる。だって恥ずかしい。オコジョさんたちはスーツで来店しても笑わないのに、「雨男」には容赦がない。

「まあまあ。オコジョがコウさんを勧誘したのは、なにもジョンを捕まえてほしいからだけじゃないんです。とりあえず、ケーキと紅茶をどうぞ」

僕は最上段のタルトを、ナイフとフォークで自分の皿へ移した。前回よりもひとまわり小さいので、手で持ってかじるように食べる。

悔しい、というのも変だけれど、やっぱりおいしい。

「コウさんがいつも笑顔なのは、自分の背の高さで人を怖がらせたくないからですよね？　あなたはそういう気づかいができる人です。しゃべるオコジョなんて不可思議な存在を受け入れてしまうほど、懐《ふところ》も深いです」

アフタヌーンティーのせいなのか、僕の秘密が暴かれていく。

「僕がオコジョさんを受け入れたのは、自分以外の人がすでにそうしていたからだと思いますよ。単純に、空気を読んだだけです」

「ではみんなが『しゃべるオコジョなんておかしい』とかわいいオコジョを糾弾《きゅうだん》したら、コウさんも一緒になっていじめますか？」

そんな風に答えを誘導しなくても、僕は首を横に振る。

「さっきから心中を言い当てられているのに、ぜんぜんいやな感じはしません。オコジョさんの外見が千辺さんでも、僕は受け入れると思います」

「おいィ！」

千辺さんがつっこみ、瑠璃さんが僕に向けて親指を立てた。

「コウさんの気づかいは、接客業に向いた技能です。しかし逆に言えばなんでも受け入れすぎてしまい、自分を主張することに臆病すぎると感じました。だからオコジョはバイトに誘ったんです。コウさんがもっと自然体でいられるように、ひとときでも羽を休めてもらえればと。うちは雨宿りに向いた店なので」

オーナーの言葉を補うように、瑠璃さんが続ける。

「この店から巣立った鳥は大勢。私も」

「ま、オーナーはそれが使命みたいなとこあるしな」

千辺さんがあごひげを撫でながら、にやりと笑った。

けれど世界は体育会系に厳しいと聞いている。ケーキみたいに甘くはない。

僕は最上段にある、名前を忘れたケーキを手に取った。

「ケンブリッジ・クリームは、カスタードに砂糖をふりかけバーナーで焦がし、表面をカラメル化させたスイーツです。国内では、『クリーム・ブリュレ』と言ったほうがポピュラーかもしれませんね」

「なんでフランス語で普及したかってーと、そのほうがシャレオツだからさ」

オコジョさんの説明に続き、千辺さんがおじさんぽい感想を言う。

僕はケンブリッジ・クリームのカラメルをぱりっと割り、口の中へ運んだ。

さっきのタルトもカスタードだったけれど、こっちは食感がとろっとしていて舌の上で溶けていく。カラメルの香りも贅沢《ぜいたく》感があっていい。

「ケンブリッジ・クリームには、訓話めいたエピソードがありましてね。あるときケンブリッジ大の学生が、このお菓子をはやらせようとしました。ですが所詮は学生の言うことと、無視されたそうです。ところがこの学生が研究員になると、途端にもてはやされたそうで。やれやれですね」

オコジョさんが両手を広げ、カートゥーンのネズミみたいに肩をすくめる。

研究員という肩書きだったり、ブリュレという洒落《しゃれ》た響きだったり。本質は変わっていないのに、僕たちは貼られたラベルで評価を変えてしまう。

「コウさん自身は、雨男を信じていなかったかもしれません。ですがレッテルは貼られていました。だから『雨男と呼ばれていた過去を知られたら、雨を自分のせいにされる。働いてもクビになる』。そう考えたんでしょうね。オコジョがそんな非科学的なことを信じると思われただなんて、とっても心外ですよ」

この場で一番非科学的な存在が、ぷいっと顔をそむけた。

「すみません。人はけっこう、雨男ネタが好きなので」

試合の前日に雨が降ると、「明日にしてくれよコウ」なんて具合に。そうやっていじられること自体、当時の僕には「おいしい」ことだった。

「この国には、八百万《やおよろず》の神々がいるって言うだろ。そのすべてに天候を操る力があると思うか？　ないね。あるわけがない。だからコウを雨男だって、からかうやつには言ってやれ。『人間風情がおこがましい』と」

千辺さんの提案は、どこから目線かよくわからない。

「ですです。そういうときは、すぐにオコジョを呼んでください。右の袖から左の袖まで、ふぁっさふぁっさと駆け抜けてやります」

僕は自然と笑いながら、最後に残されたチョコレートケーキに手を伸ばす。

表面は、ココアパウダーが振りかけられただけの素朴な見た目。

けれど断面を観察すると、チョコの地層に白いものが埋まっている。

食べてみると外側はチョコレートそのもので、バターのように濃厚だった。

気になる白いものは表面が硬く、内側はサクサクしている。

「このチョコレートケーキ、白いのはビスケットのかけらなんですね」

「ああ。正式な名前は、『チョコレートビスケットケーキ』だしな」

千辺さんが言う。

「チョコを冷やして固めるだけの、フリッジケーキってやつさ。家庭料理と言えなくもないが、女王陛下の好物でもある。案外やんごとないケーキだぞ」

このジャンクな味をロイヤルファミリーが好むと聞き、畏《おそ》れ多くも微笑ましい。

「そういうわけで、コウさん。うちで働きませんか」

オコジョさんが、あらためて誘ってくれた。

雰囲気がよく、家から近く、お手頃価格で紅茶もスイーツもおいしい。

空間にも余裕があって、頭をぶつける鴨居もない。

人を見る目のある下高井戸さんが、僕に勧めた接客業。

この店の面々は、誰も雨男いじりなんてしてこない。

「みなさんそんなに、ジョンをなんとかしてほしいんですか」

僕が冗談のつもりで言うと、お店の面々が一斉にうなずいた。

「そこはごまかしてくださいよ！」

僕は紅茶を一気に飲み干し、勢いのまま頭を下げる。

「池ノ上コウです。ジョンの捕獲以外もがんばるので、よろしくお願いします」


こうして僕は、アーミンズティールームの一員となった。

なにかと不思議が多い店だけれど、ひとまずは新たな「ガクチカ」にするつもりでがんばろうと思う。

そう意気込んだ、バイトの初日。

「器用でそつがない人の片鱗《へんりん》を感じなくもない？」

指導役の瑠璃さんからは、だいぶぼんやりした評価をいただいた。

「あらためて見て、コウはでかいな。一番でかいベストがちょうどいい」

「どうも、千辺さん。こんな大きいサイズのジレ、よくありましたね」

「いやまあ、サンプルみたいなもんなんだ。そのベストは」

「憧れていたんで、うれしいです。ネクタイとジレ」

「最近の若者は、チョッキがうれしいのか」

「対抗意識のあまり、言葉が退行してますよ」

千辺さんは意地っ張りだけれど、気さくな人だと知る。

オコジョさんは教わりたいこと以上に、うんちくが長いので割愛《かつあい》。

僕へのリベンジに燃えるジョンは、一筋縄ではいかなかった。

そんな長い一日が終わると、僕は試合にスタメンでフル出場するよりもへとへとになった。

「お疲れ、コウ。待望のまかないピザだぞ」

「あの、千辺さん。なんでトッピングが油揚げなんですか」

刻んだものが散らされているのではなく、板状のままで六枚。

「うまいからに決まってるだろ。うちのまかないは、週三でこれだ」

オコジョさんも瑠璃さんも、なんの疑問もなくぱくぱく食べている。

食べてみたら意外とおいしかったけれど、はたしてこれでいいのだろうか。

「いいか、コウ。味変は油揚げに、しょうゆをちょっと垂らすのがベストだ。カリカリの油揚げに、チーズでしょうゆ。これがベストだ」

「千辺さんの味変はシンプルですね。性格はねジレてるのに」

なんでも受け入れてしまう僕の性格は、まだまだ変わりそうにない。

二杯目

焼きたてスコーンに
ロイヤルミルクティーのアイスクリームと
レモンカードをどーん！

1

望口駅の西口改札を出て、坂道を上ること数分。

頂上近くにあるパン屋さんを横目に、道なりに進んだ住宅街。

楓の木がある児童公園を横切って、小高い丘の中ほどへ。

ぽちぽち広い敷地《しきち》に建てられた、こぢんまりした白い二階建ての洋館。敷地の電灯に吊り下げられた鉄の看板には、オコジョとティーカップのシルエット。

バラやカンパニュラが咲く庭を歩き、大男でも頭をぶつけないドアを開ける。

中に広がるのは、アンティークの椅子とテーブルが並んだ居心地のいい空間。

ここが僕の新しい職場、『ERMINE'S　TEAROOM』だ。

前職がサッカー選手だった僕だけれど、いまはこの店で紅茶を入れている。

そろそろ働いて一ヶ月になるものの、まだ慣れたとは感じない。

店のオープンは午前十一時。クローズはお客さん次第で、おおむね午後六時と飲食店にしては早いと思う。残業はほぼないものの、まかないを食べたいので僕は遅くまで店にいることが多い。

出勤したらまずは着替えをする。白いシャツに黒いジレ、そしてネクタイというのがホールスタッフの制服だ。

その後はじっくり時間をかけて、店内をぴかぴかに清掃する。

終わったら庭に出て花に水やり……なのだけれど、だいたいは先人がいた。

「おはようございます、リャンさん」

僕は石畳に屈《かが》みこみ、バラの剪定《せんてい》をしている作業服の男性に声をかける。

「……ざっす」

挨拶は返してくれたけれど、金髪に巻いたタオルの下の目はあわせてくれない。

二十歳程度の年齢で、男でもどきっとするようなきれいで少し怖い横顔。

そんな青年の左右の耳には、なぜか麻雀《マージャン》の点棒を模したピアスが揺れていた。

彼の名前はリャンハン。現在は造園会社勤務で、その前はアーミンズで働いていたという。つまりは僕の先輩だ。

リャンさんは出勤前にアーミンズの庭へきて、草花の手入れをしてから仕事の現場へ向かう。それが日課であり、趣味でもあるらしい。

「ここでバイトを始めて一ヶ月になるんですが、紅茶って難しいですね」

「……っすね」

「最初は瑠璃さんに、ちくちく刺されました。『コウくんの紅茶は、絵具《えのぐ》を溶いたみたいできれい』とか。リャンさんも、瑠璃さんに教わったんですか」

瑠璃さんはティー・インストラクターとして身を立てていて、セミナーで紅茶教室を開いたり、あちこちのカフェやサロンでアドバイザーをしている。元アーミンズの従業員ということで、人が足りないときはヘルプで働いてもいた。

そんな僕の紅茶のお師匠は、悪い人ではないけれど人が悪い。いつもパティシエの千辺さんや僕をからかって、上品にほくそ笑んでいる。

「……っす」

「じゃあリャンさんも、ちくちく刺されました？」

「……いっす」

肯定か否定か、どっちかわからない。

リャンさんは口数が少ない人だった。僕としては年齢も近いので仲よくしたいのだけれど、あまり好かれていないのかもしれない。

「すみません。お邪魔でしたね。お仕事がんばってください」

僕が踵《きびす》を返《かえ》すと、背後で「……っ！」と声が聞こえた。「ちっ」だと思うと悲しいので、「じゃっ」くらいの意味と思っておく。

お店に戻ると、パティシエの千辺さんがカウンター席で紅茶を飲んでいた。

「千辺さん。言ってくれれば、僕が入れますよ」

「これバター茶だぞ。コウは入れかた知らないだろ」

「調べて覚えました」

バター茶はチベットやネパールなどの高地で飲まれるお茶で、茶葉を煮出してからバターと塩を加える。味はお茶と言うよりスープに近く、千辺さんはこのお茶を日に何杯も飲んでいた。

「俺しか飲まないもん覚えてどうすんだ。時間はもっと有効に使え」

「じゃあ上達のために、テイスティングにつきあってくださいよ。僕が紅茶を入れたあとに、カップをシャッフルしてください」

紅茶をおいしく入れるためには、紅茶の味を知らなければならない。アーミンズは常時三十種類近いお茶を提供している。

「味の違いを舌で覚えて。間違えたら素足でウニをリフティングして」

瑠璃さんからは、そんな宿題を出されていた。

「よくないぜ、コウ。どんな業界でも、熱血新人は長持ちしない。肩の力が抜けてるやつが、なんだかんだで続くんだ。功を焦るな。コウだけに」

「僕は以前の職場で、がんばれなかったんですよ。物理的に」

倉庫業とサッカー選手のダブルワークという都合上、個人のトレーニングに使える時間は皆無だった。アスリートは体が資本なので、睡眠時間だけは削れない。

「足りないスキルを、努力で埋めることすらできない環境でした。いまはがんばれること自体、うれしいんです」

「なるほどな。俺のダジャレをスルーしたのは気にくわないが、若者に手を貸すのはやぶさかでない……おっと、そろそろ焼成《しょうせい》が終わる時間でござるな。小生キッチンへドロンするでござる」

千辺さんが立ち上がった。

「ドロンって言っちゃってるじゃないですか。面倒くさいならいいですよ。それならキッチンの掃除でもしましょうか。いまひまなんで」

「コウ、言っただろ。キッチンは料理人の聖域だ。オーナー以外はみだりに立ち入ってはならないし、ドアを開けてもならない」

「機織《はたお》りしてる鶴の口ぶり」

「これがほんとの、ツル……ツール……ああ、もういい」

引きだしからダジャレが出ないまま、千辺さんはキッチンへ帰っていった。

そこへ入れ替わりに、オーナーがカウンター裏の階段を降りてくる。およそ人間には不可能な、するすると体をすべらせる動きで。

「おはようございます、オコジョさん。だいぶ眠そうですね」

ようやくカウンターの上に這《は》いずってくると、オコジョさんは目を閉じたまま返事をするように尻尾を持ち上げた。

「……おはようございます、コウさん。海外ドラマって、なんであんなに続きが気になるところで終わるんですかね……」

夜更かしで朝が弱いオーナーは、店の二階に暮らしている。

この全身白い冬毛のオコジョが、現在の僕の雇い主だ。

「眠気覚ましの一杯、入れましょうか」

「……逃げる犯人が車にはねられる展開、多すぎですよね……」

カウンターにぺったり突っ伏し、むにゃむにゃ言っているオコジョさん。

僕は夜行性のボスのために、紅茶棚から茶葉を選んだ。

「……キームンは中国安徽省《あんきしょう》、祁門県《きもんけん》で生産される紅茶ですね。世界三大銘茶のひとつで、芳醇《ほうじゅん》な香りが特徴です。一芯一葉《いっしんいちよう》で摘まれた上級品ともなると、バラのごときの芳香ですよ。目覚めにぴったりですね……」

ほとんど眠っているのに、紅茶のことだけはしっかりと語る。オコジョさんはかなりの期間をイギリスですごし、紅茶のいろはを学んできたらしい。

「お茶の支度ができました」

自分のカップ、そしてオコジョさん用のミニチュアカップにキームンを注ぐ。

ミニチュアと言っても、名だたるメーカーの逸品《いっぴん》らしい。

「……いいボディですね。喉まで広がる猛々《たけだけ》しさがあります。コクも十分引きだせていて、香りもきちんと立ち上がっていますね。おかげで目が覚めました」

ボディは紅茶の品評用語で、口内での広がりを表す。

「僕はここで初めて飲んだんですが、いまはキームンが一番好きです」

まだオコジョさんの言葉をすべては理解できないけれど、キームンはずっしりした重みというか、渋みに奥行きがあるところが気に入っていた。

「ところでコウさん。先日お宅にうかがった際、サッカー選手のポスターを拝見しました。あれのケースとかって、余ってたりしませんか」

「ああ、ダンボール製の筒ですね。さしあげますよ」

オコジョさんは筒状のものに目がない。太さは関係ないらしく、シャーペンの芯の丸いケースから大砲のレプリカまで、いろいろと集めているそうだ。

「そろそろオープンですね。おお、チトセさんがいらっしゃいました」

オコジョさんが見る窓の向こうに、麦わら帽子の女性が歩いていた。

烏山《からすやま》チトセさんは、近所でひとり暮らしをする七十代。いつも違う帽子をおしゃれにかぶっていて、鼻の上には小さな金縁メガネを載せている。

おしゃべりというか詮索好きで、「アガサ・クリスティの『ミス・マープル』みたいでしょ」と、自分を小説の老嬢《ろうじょう》になぞらえる人だった。

「じゃあ、オコジョさん。どうぞ」

僕は締めているネクタイをめくり、首元にぶら下げた竹筒を見せる。

いきなりしゃべるオコジョが現れると、初めてのお客さんは驚く。なのでオコジョさんは竹筒に身を隠し、姿を見せるタイミングをうかがうようにしていた。

それ以外でも竹筒に入るのは、なるべく床や地面を歩かないようにするという意味もある。要するに、お客さんへの配慮だ。

オコジョさんが竹筒に飛びこんだのを確認すると、僕は店の外へ出た。

「おはようございます、チトセさん。『オコジョのティールーム』へようこそ」

そのセリフは僕ではなく、首元のオコジョさんが言っている。

「おはよう、オコジョさんにコウちゃん。今日もいい天気ねえ」

チトセさんの足下を気づかいつつ、僕は庭のカフェテーブルへ案内した。

椅子を引いて座ってもらったら、一応メニューを渡す。

「うーん……やっぱりいつもの紅茶でお願い。それと今日はビスケットね」

毎回メニューを見るものの、チトセさんはいつも同じ紅茶を注文した。

僕は店内に戻って湯を沸かし、皿に二枚のビスケットを並べる。

英国における紅茶とビスケットの関係は、「お茶とお茶菓子」ではなく「ハブラシと歯磨き粉」のそれらしい。

だからこのビスケットも千辺さんの手作りではなく、スーパーやコンビニで買える既製品だった。手作りのビスケットは、ルーティンでないときに食べるという。

「お茶の支度ができました」

カートにティーポットとオーナーを載せ、庭へと押していく。

にこにこしているチトセさんが見ている前で、カップに「イングリッシュ・ブレックファスト・ティー」を注いだ。

午前十一時に飲む紅茶を、イギリスでは「モーニングティー」と呼ぶ。

そのモーニングティーでもっとも好まれるのが、「イングリッシュ・ブレックファスト・ティー」という、そのまんまの名前の紅茶だ。

各種の茶葉を混ぜたブレンドなので、風味に際立った特徴はない。

そのぶん毎日飲むには適していて、本国では常に上位の消費量を誇っている。

「ねえ。オコジョさんって、普段はなにを食べているの」

「なんでも食べますよ。最近は、ぶどう羊羹《ようかん》が好きですね」

チトセさんはもう一年ほど、毎朝来店しているという。それでも話題が尽きる様子はなく、オコジョさんに興味津々《きょうみしんしん》だった。

「それでね、下のパン屋さんとこの麦《むぎ》ちゃん。おめでたらしいの」

「それはそれは。高津《たかつ》さんは、さぞお喜びでしょうね」

カップが空いたので、僕はポットから二杯目を注いだ。

「いい香り。香りと言えば、今朝は特にお庭のバラが香っていたわね」

「リャンくんが世話をしてくれています。若いのに優秀な庭師ですよ」

どこか浮世離れした会話をしつつ、チトセさんはピッチャーから紅茶へ、なみなみとミルクを注いだ。

次いでシュガーポットに手を伸ばし、カップにスプーン三杯の砂糖を加える。

「コウさんは、紅茶はストレート派ですよね」

オコジョさんが、僕にも話題を振ってくれた。

「そうですね。甘党なので、甘味はお菓子で補いたいというか」

まだ修業中の身なので、紅茶の味を覚えたいというのもある。

「ちなみにオコジョはイギリス人に多い、無糖ミルク派ですよ」

「あらそうなの。やっぱりお砂糖を入れないほうが、正しいのかしら」

そう言いながらも、チトセさんはおいしそうに紅茶を飲んだ。

「正解はないんですよ。ただ紅茶に砂糖を加えると、渋みが抑えられて飲みやすくなります。水色も美しくつやめいて、香りもぐっと引き立ちます。特にこだわりがない場合、オコジョは砂糖を加えるのをお勧めしますよ」

お客さんではチトセさんタイプが一番多く、次点がミルクなし加糖派だった。

「そうそう。いつも思うけど、ビスケットとクッキーの違いってなんなのかしら」

甘いものからの連想か、チトセさんが話題を変える。

「実は同じものです。サクサクしたホームメイド感があるものが、クッキーと言われる傾向はありますね」

「ちょっとお行儀《ぎょうぎ》が悪いけど、わたしはこうやってやわらかくできるビスケットが好きだわ。紅茶もおいしくなる気がするし」

チトセさんがくすくす笑いながら、ビスケットを紅茶に浸した。

「『ダンキング』ですね。そのビスケットは、イギリスで『もっとも紅茶へのダンクに適している』と言われています。実際おいしいんですよ」

チトセさんが毎朝ダンクして食べるので、僕も先日ためしている。おいしさは好みだけれど、食べやすくなるのは事実だ。なによりダンクは楽しい。

「六月なのに、穏やかな天気でいいわねえ。素敵な人生だわ」

くるくる話題は変わるけれど、チトセさんは基本的にのんびりだ。紅茶に砂糖を入れたきっとこれまでの人生も、余裕を持って生きてきたのだろう。

この調子なら、名前の通りに「千歳」まで生きるかもしれない。ビスケットをダンクしたり、ささやかな幸せを積み重ねて。

「まあチトセさんの人生は、傍目《はため》にもアバンギャルドでしたからね」

オコジョさんの言葉に、僕は「ん？」と引っかかる。

「そうねえ。長生きできないと思ったから、チトセなんて芸名にしたし」

「えっ、芸名？」

思わず聞き返してしまった。

「おや、コウさんは知りませんか。チトセさんは芸人さんだったんですよ。『ま～ぶる娘』という名前で、女性ふたりで音曲漫才をされてました」

「無理よ、オコジョさん。わたしたちが解散したの、四十年前だもの」

生まれていない僕はもちろん、千辺さんでもぎりぎりの世代だ。

「音曲漫才というと、三味線《しゃみせん》とかウクレレとか演奏してたんですか」

テレビの演芸番組で得た知識で、かろうじて質問する。

「ううん。わたしはウッドベースで、タマちゃんはドラム」

「アバンギャルド……！」

ウッドベースは別名コントラバス。あの大きな楽器をぼんぼん弾いて、ドラムをドコドコたたいて、はたして漫才ができたのだろうか。

「それで思いだしたわ。実は再結成を打診されてるのよね」

一般人の人生には、一度も登場しないセリフだ。

「素敵ですね。また演芸場に立たれるんですか」

小さな手でぱちぱちと拍手して、オコジョさんが尋ねた。

「ううん。いま若い子に人気のアメリカのバンドが、一曲だけでいいから日本ツアーの前座でやってくれって。武道館で」

ぶどう羊羹から始まった話が、とうとう武道館まで転がった。

これにはさすがのオコジョさんも、ぽけっと口を開けて固まるしかない。

2

四十年前、日本の音楽が海を渡ることはほとんどなかった。

まだCDが出始めの時代で、市場の音楽はレコード会社に所属するアーティストの作品に限られる。演芸場での音曲漫才など、誰でも動画をアップロードできる現代まで音源として存在しなかった。

「どこかの誰かが投稿した『ま〜ぷる娘』の動画が、たまたま海外アーティストの目に留まった？　いまはあるんだな、そういうのが」

終業後のまかないタイム。千辺さんが油揚げのピザを片手に、動画を見ながら「すげえもんだ」と感心している。

チトセさんたちは音曲漫才のコンビだったけれど、その演奏はジャズというかドラムンベースというか、ともかく「ビートがクール」と海外で評価され、ラップを乗せてSNSに投稿するのがはやったらしい。

そうしてあれよあれよと元の動画が拡散し、最終的に武道館のオファーが舞いこんだ、ということのようだ。

「四十年かけて、時代がチトセさんに追いついたんですね」

僕もカウンター席でピザを食べながら、しみじみとうれしい。

当時は前衛的《ぜんえいてき》すぎた芸が、いまは音楽として正当に評価される。チトセさんの現役時代を知らなくても、なんとなく誇らしい気分だ。

「チトセさんはいまもお元気ですし、ご本人もやる気があります。再結成、うまくいくといいんですが……」

オコジョさんは短い腕を組んで、神妙な顔をしている。

チトセさんたち「ま〜ぷる娘」が解散したのは、表向きは音楽性の不一致が原因らしい。しかし解散後のチトセさんはカルチャースクールで民謡《みんよう》を教えていて、相方の境《さかい》タマさんも音楽教室でドラム講師をしているという。

どちらも別に、新しいユニットを組んだりはしていない。

「昔はねえ、仕事以外でも旅行するくらい仲がよかったの。なにしろ一緒に住んでたんだから。それがあるとき、急にきらわれちゃったのよね。原因？　それが、ぜんぜんわからないの」

そんな風に解散理由を説明してくれたチトセさんは、うふふと笑っていた。

けれどその後に続いた言葉は、けっこう重い。

「いまどうしてるとか、噂話《うわさばなし》は聞いてるのよね。タマちゃんもわたしと同じで、結婚しなかったでしょう？　だから老い先が短いひとりもの同士、仲直りできたら楽なんだけどねえ。ほら、ひとりで死ぬといろいろ迷惑だから」

思いだすとさびしい気持ちになり、僕は熱い紅茶をすすった。

「そんなら再結成はともかく、再会はしたほうがいいんじゃないか」

千辺さんの意見に、オコジョさんがうなずく。

「もちろんオコジョは提案ずみです。聞けば相方のタマさんも、紅茶が好きだったそうで。昔はホテルのラウンジで、一緒にお茶をしていたとか」

それを話すチトセさんは、「ネタ作りなのに優雅よねえ」と笑っていた。

「ではオコジョのティールームへと相成りまして。明日チトセさんがタマさんを誘えたら、午後にいらっしゃるそうですよ。オコジョも楽しみです」

多少のわだかまりがあっても、四十年ぶりのなつかしさにはかなわない。

きっと昔話に花を咲かせて、もっと会いましょうとなるだろう。

このときの僕は、勝手にそう思っていた。

次の日、僕はいつもの時間に出勤した。

店内をぴかぴかにして、庭でリャンさんに塩対応されて、店に戻って眠そうなオコジョさんに紅茶を入れたけれど、窓の外にチトセさんの姿はない。

「ということは、相方のタマさんを誘えたんですね」

やりましたねと、指先でオコジョさんとハイタッチする。

午後の忙しい時間になっても、店はさほど混まなかった。

おかげでチトセさんの来店時にも、都合よくテーブル席が空いていた。

「注文は、お連れさまがいらしてからになさいますか」

念のために尋ねると、チトセさんは「そうね」と笑った。今日は頭に小さな帽子をちょこんと乗せている。見たところ緊張した様子はない。

三時ちょうどに、チトセさんと同年代の女性が窓の外に見えた。

チトセさんよりもいくらかふくよかで、つばの広い帽子に縁なしのメガネをかけている。こちらもやはり、「ミス・マープル」のスタイルだ。

「行きましょう、コウさん」

僕が首から下げた竹筒に、オコジョさんがしゅるりと入りこむ。タマさんは初めてのお客さんなので、オコジョさんはしばらく姿を見せないだろう。

「いらっしゃいませ。『オコジョのティールーム』へようこそ」

玄関ドアを開け、ポーチで出迎える。僕がしゃべっているようだけれども、実際は竹筒のオコジョさんの声だ。

「ごきげんよう。連れがいるんだけれど……いいえ、なんでもないわ。あの人が、あたくしより先にきているはずないものね」

タマさんと思《おぼ》しき女性が、皮肉っぽい笑みを浮かべる。

「お連れさまが烏山チトセさんでしたら、すでに中でお待ちです」

オコジョさんの声が言うと、女性は小さな目を見開いた。

「四十年も会わないと、人間も変わるものね。いいわ。案内してちょうだい」

僕はドアを開けて先導しつつ、タマさんにはまだ凝《しこ》りがありそうだと思う。

これはひょっとすると、オコジョさんの出番かもしれない。

「まあ、久しぶり。元気だった？　タマちゃん……タマちゃんよね？」

チトセさんが立ち上がり、タマさんの両手を握った。

「相変わらずね。普通こういうときは、『変わらないわね』と言うものよ」

タマさんが不愉快そうに、チトセさんを見る。

「だって変わってるもの。タマちゃんったら、おばあちゃんみたいよ」

「あんただって、しわしわよ。でも中身は変わってないわ。悪い意味で」

タマさんがにやりと口の端を上げ、チトセさんがうふふと笑う。

ちょっとひやひやしたけれど、ふたりはこういう関係らしい。

「さあ、座って。まずは注文しましょう。そうそう。タマちゃん知ってる？　ここのお店には、あれがあるのよ」

「本当に、昔のまんまの自己中心であきれるわ。初めてきたお店で、あたくしがなにを知っていると思うの」

タマさんは少々口さがないけれど、瑠璃さんよりはましなので悪印象はない。

「あれよ、あれ。ほら、向こうのスカートの」

チトセさんが言うやいなや、タマさんがまたあきれる。

「あなた、とうとう四十年覚えなかったわね。ペチコート」

「そう、それ。なつかしいでしょう？　あの頃よく食べてたわよね」

チトセさんがなつかしそうに笑う。僕にはなんのことやらわからない。

すると胸元の竹筒から、オコジョさんの声が聞こえてきた。

「ペティコート・テイルの、ショートブレッドでよろしいですか」

メニューには単に、「ショートブレッド」と書かれている。朝のチトセさんは気分によって、ビスケットではなくショートブレッドを頼むこともあった。

「そうそれ。紅茶はロイヤルミルクティーがいいわ。タマちゃんは？　あの頃はレモンティーが好きだったわよね。輪切りのレモンが浮かんでいるの」

「ここはイングリッシュ・ティールームでしょ。レモンティーはアメリカ発祥の文化で、ロイヤルミルクティーも和製英語。どちらも置いてないわ」

タマさんの指摘は諸説あるものだけれど、アーミンズのメニューにはどちらも記載されている。オコジョさんはとにかく紅茶の習慣を広めたいオコジョなので、言葉の定義やマナーには鷹揚《おうよう》だった。

「ロイヤルミルクティーと、レモンティーでよろしいですか？」

オコジョさんの声にやや不機嫌な顔をしつつ、タマさんは了承した。

僕はカウンターに戻り、手鍋にお湯を沸かし始める。

振り返ってキッチンの千辺さんに、ショートブレッドをオーダーした。

「そういえば、ペティコート・テイルってなんだったんですか」

ひとりごとを言うように、胸元の竹筒に問いかける。

「ショートブレッドの『ショート』は、『さくさくした』という意味でして。材料的にはほぼクッキーなんですよ。だから形も自由です。とはいえ多くの人がイメージするショートブレッドは、『フィンガー型』でしょう」

オコジョさんが竹筒から顔を出し、こっそり教えてくれた。

「フィンガー……あのバランス栄養食的な、ブロックのやつですか」

「ですです。千辺くんはタルト型に入れて焼くので、外周部分に花弁のような波模様が出ます。その形が、昔の女性がスカートを膨らませるのに着用したペティコートに似ているので、そんな名前がついたんです」

ファッションといい、コンビ名の「ま～ぷる」といい、当時のふたりは英国びいきだったのかもしれない。実際いまも淑女《レディ》然としている。

「そういうのが好きなのって、おふたりに似あいますね」

楽しい気持ちになりつつ、僕は煮立ったお湯に多めの茶葉を投入した。

蓋をして蒸らしが完了したら、ミルクを足して少し煮る。

ロイヤルミルクティーは「牛乳で煮出した紅茶」と言われるけれど、実は牛乳だけで煮ても紅茶はあまり抽出されない。成分の問題で。

おいしく飲むにはまず濃いめの紅茶液を作り、そこに同量のミルクを加える。それから少し温めるのが「最善手」と、瑠璃さんから教わっていた。

「準備できましたけど、オコジョさんはどうしますか」

普段なら茶器とケーキ、それにオコジョさんをカートに載せて運んでいく。

けれど今日のタマさんは、まだオコジョさんのことを知らない。

「今日はチトセさんにとって大事な日です。様子を見たほうがいいでしょう」

タマさんの性格を考えると、懸命な判断だろう。

僕は少々の心細さを感じつつ、サービングカートを押して運んだ。

「お茶の支度ができました」

チトセさんのカップにロイヤルミルクティーを注ぎ、タマさんにダージリンのセカンドフラッシュを用意する。

レモンは別皿に添えて提供した。柑橘《かんきつ》の皮には苦みがあるので、レモンを浸す時間は二、三分がいい。最初から入れると味が悪くなる。

「つくづく思うんですけど、コウさんは物覚えがいいですね。おまけに手際もよすぎます。そつがないというか、器用なんですねぇ」

胸元のオコジョさんが、小声でほめてくれた。

うれしいけれど、僕は一度聞いたくらいではほとんど覚えられない。だから座学は欠かせないし、家でも道具をそろえて練習している。

そこまでしてようやく、オコジョさんの足を引っ張らない程度だ。

「こちら、ペティコート・テイルのショートブレッドです」

竹筒のオコジョさんが言い、僕は得意顔を隠してテーブルに並べた。

「あなたが言った通り、この扇形はなつかしいわ。あのホテルのラウンジ以外、どこもバランス栄養食型だったし」

タマさんが僕と同じたとえを使い、オコジョさんが胸元でくすくす笑う。

「おいしいわあ。牛乳がたっぷり入ってると、いつものミルクティーより豪遊している気分ね。タマちゃんはいま、なにをしているの」

例のごとく、チトセさんが独自のテンポで話題を切り替えた。

給仕は終えたので、僕は少し離れた場所からふたりを見守る。

「あなたと紅茶を飲んでいるわ」

「言うと思った」

チトセさんはうれしそうに笑っている。

「だから言ったのよ。でも本当に、ほかにはなにもしてないわ。話す相手はテレビとたまのお医者くらいね」

「あら。どこか悪いの」

「最初は目が疲れる、腰が痛い、足が痛いっていろいろ病院に行っていたけど。いまの医療は進歩しているから、もう行けるのは歯医者の定期検診くらいよ」

つまりは健康ということだろう。実際タマさんの血色はいい。

「わたしもそう。死が目前のはずなのに、まだまだ元気で困るわ。だからね、ちょっとやってみたいことがあるの。ほらタマちゃん、サクサクよ」

チトセさんが話題の核心に触れつつ、ショートブレッドをかじる。ぽろぽろと粉がこぼれて、食感のよさがうかがえた。

「あなた、いいお店を知ってるわね。紅茶にあいそうだわ」

タマさんは紅茶に浮かべたレモンを引き上げ、ショートブレッドをひとくちかじって飲んだ。仏頂面《ぶっちょうづら》に見えるけれど、食は進んでいる。

「そうなのよ。ここはオーナーが、とってもかわいらしくてね。こんな、ちーっちゃい蝶ネクタイをしていて……あら、なんの話だったかしら」

「あなたがすべき話題は、今日あたくしをここへ呼んだ理由よ」

さすがは元相棒。タマさんはチトセさんとの会話に慣れている。

「それは……なんだったかしら」

「いまさらなにを、ごまかそうと言うの」

タマさんが気色《けしき》ばんだ様子を見て、僕は慌ててテーブルへ近づく。

鼻がむずがゆい素振りをして、「サイケッセィ」とくしゃみをした。

「あら。コウちゃん、お風邪？」

チトセさんは気づいてくれず、のほほんとしている。たまらずオコジョさんが竹筒から抜けだし、タマさんの死角をぬってチトセさんの膝に飛び乗った。

「仲直り、ですよ」

ちょんとチトセさんをつついて、オコジョさんがささやく。

チトセさんにとって、再結成のオファーはきっかけでしかない。真の目的は旧交を温めることなので、僕はちょっと先走りすぎた。

下高井戸さんには接客業が向いていると言われたけれど、自分ではとてもそんな風に思えない。さっきオコジョさんが言った通り、僕は小器用なだけだ。

「コウさん。世の中で自己評価ほど、あてにならないものはないですよ」

竹筒に戻ってきたオコジョさんは、僕の心を読んだかのように言った。

「わたしたち、もういい歳でしょう。せっかく近くに住んでいるんだから、また昔みたいに紅茶を飲んだり、旅行にいったりできないかしら」

チトセさんがにこにこしながら、タマさんに問いかける。

「ここは紅茶を飲むには、いい店だと思うわ」

好感触なタマさんの反応に、僕は胸を撫で下ろした。

けれど竹筒に潜んだままのオコジョさんの目には、あまり光がない。

「でしょう？　月に一度くらい、ここで会いましょうよ。このお店にはアフタヌーンティーもあるのよ。ほら、三段のスタンドに、ケーキが並んでいるあれ」

「あなた。あたくしたちが、なんで袂《たもと》を分かったか覚えているのかしら」

タマさんの口ぶりは、それまでと違う雰囲気だった。

「ケンカ、したのよね。たぶん」

「原因は覚えてないのね」

「若い頃は、それなりに言い争いもしたじゃない。もしかしてタマちゃん。まだそのときのこと怒ってるの？」

この聞きかたはまずいと思うも、意外やそうでもなかった。

「四十年も前のことよ。あたくしだって、細かいことは忘れちゃったわ」

感情をこめずに言い、タマさんはカップをつまんで紅茶を飲む。

「よかった。実はね、タマちゃん。ほかにも相談があるの」

チトセさんはにこにこしながら、カップに指をかけて持ち上げた。

マナー的には、タマさんのように取っ手をつまむのが正しく、チトセさんのように指を入れるのはよろしくないという。

ただチトセさんも知らないわけではなく、「重くてつまめない」と言っていた。

この辺りの性格の違いが、ふたりの会話にも出ているように思う。

「相談ですって？　お金ならないわよ」

「あらたいへん。じゃあいくらか持って帰る？」

「あなたに貸す気がないだけで、お金に困っているわけじゃないわ。それより相談はなんなの。さっさと言いなさいな」

催促されたチトセさんは、ときどき脱線しながら再結成の件を告げた。

「一曲だけでいいって言ってるし、最後の思い出作りにやってみない？　タマちゃんは、いまでもドラムたたける？」

「あなたこそ、チョッパーできるの？」

「それがねえ、けっこうできるの。昔取った杵柄《きねづか》ってすごいわねえ」

チトセさんがうふふと笑って、弦を弾くように親指を動かす。

「どうかしら。その大仕事を受けるかはともかく、一度スタジオに入ってたしかめないとね。あなたの自己評価ほど、あてにならないものはないから」

耳が痛いと思いつつも、タマさんの色よい返答にほっとする。オコジョさんも竹筒から顔を出したので、こっそり指でハイタッチした。

「ああ、よかった。タマちゃんと会うのは四十年ぶりだったでしょう？　うまく話せないかもって、どきどきしてたのよ」

「あたくしもよ。貸すお金は用意したけど、足りるかしらと」

どこまで本気かわからないけれど、やっぱり芸人さんはおしゃべりが面白い。

「本当に、タマちゃんはタマちゃんのままね」

「あなたは変わったわ。あたくしより先に、待ちあわせ場所にいるなんて」

「そりゃあ四十年もたてば、ね。タマちゃん、今日は本当にありがとう。ああ、そうそう。お土産に紅茶をもらって。コウちゃん、お願いできる？」

アーミンズティールームでは、一部の茶葉を販売していた。

僕はかしこまりましたと会釈して、カウンターに戻って相談する。

「オコジョさん。お土産の茶葉、なにがいいでしょうか」

「コウさんが選んでいいと思いますよ。大丈夫です。自信を持ってください」

首元から励まされ、僕は悩んだ末にキームンを選んだ。

自分がはまっているのもあるけれど、キームンはイングリッシュ・ブレックファストみたいなブレンド茶葉よりも、ちょっとだけお高い。お土産はチトセさんの誠意だから、そういう部分も大事だと思う。

「こちらのキームンをご用意しました。よろしければ、お包みします」

席に戻って四角い缶を見せた。アーミンズの看板と同じデザインのラベルに、漢字で「祁門」、その下に「KEEMUN」と表記されている。

「ドラマーのキース・ムーンみたいな名前の紅茶ね。タマちゃんにぴったり」

チトセさんが笑う。けれどタマさんの表情は真逆だった。

「今日、あたくしはあなたと会わなかった。これまで通り、疎遠でいましょう」

タマさんはテーブルにお金を置き、きびきびと店を出ていった。

3

「こんばん……は？　千辺ちゃん、どうしたの、これ」

終業後にカウンターで突っ伏していると、背後でドアが開く音がした。

「瑠璃か。今日も旦那が遅番で、晩めしをたかりにきたか」

「料理きらい。コウくんはなんで負のオーラ？　ジョンに負けた？」

「それがな、実はかくかくしかじかで」

「ひどい。コウくん見損なった」

「いま千辺さん、『かくかくしかじか』しか言ってないじゃないですか！」

思わず起き上がり、瑠璃さんと千辺さんに抗議する。

「ツッコミの元気はある。なら問題なし。千辺ちゃん、ピザまだ？」

隣に座った瑠璃さんは、肩のストレッチを始めていた。

「優しくしてとは言わないので、せめて話を聞いてくださいよ」

僕は「かくかくしかじか」の詳細を、瑠璃さんに聞かせた。

「なんでコウくんが落ちこむの」

「だってタマさん、明らかに僕が選んだキームンを見て顔色が変わりましたし。茶葉のチョイスがまずかったってことじゃないですか。もしくは発音が、『キーマン』派か『キーモン』派の人だったのかも」

僕の主張を聞いた瑠璃さんは、器用に片眉だけを上げて千辺さんを見る。

千辺さんは首を横に振り、肩をすくめてみせた。

「タマさんがキームンに親を殺されていたとしても、それはコウのせいじゃない。そう言ってやっても聞かないんだ。イヅナさんだって動いてるのに」

「イヅナさん？」

千辺さんの口から出た、耳慣れない名前を聞き返す。

「ん？　誰だそりゃ」

「いま千辺さんが言ったんじゃないですか」

「いや、言ってない。俺はオーナーと言った」

「はっきり言いましたよ。『イヅナさんだって動いてる』って」

「私も『オーナー』と聞こえた。コウくん、疲れてる」

瑠璃さんはあまり表情がないので、それが冗談かどうかわからない。

たしかにいまの僕は動揺しているので、聞き間違えた可能性はある。

「ともかくタマさんには、オーナーが招待状を届けにいってる。コウにできることはなにもない。ピザ食って寝ろ」

従業員の失態をカバーするためなのか、オコジョさんはチトセさんにお茶会の開催を提案した。僕のときのように、いまはタマさんの自宅に向かっている。

「とりあえず、オコジョさんが戻ってくるまでは待ちます」

しかし僕が言うやいなや、二階からオコジョさんがとてとて降りてきた。

「オコジョが戻りましたよ。おや、瑠璃さんこんばんは」

入り口のドアは人間にしか開けられないので、オコジョさんは自室の窓から出入りしている。身軽なので二階でも問題ないそうだ。

「どうでした、オコジョさん。タマさんは、まだ怒ってましたか」

すがりつくように、細い体をむぎゅっとつかんで揺さぶる。

しかしすぐに、しゅるりと脱出された。

「そうですね。タマさんは、いまも怒ってはいるようです。ただコウさんが落ちこんでいると伝えると、謝罪されました」

オコジョさんによれば、タマさんは紅茶のせいで怒ったわけではないらしい。僕に申し訳ないことをしたならと、明日のお茶会にもきてくれるという。

「でもそれだと、タマさんはどうして急に怒ったんでしょう」

瑠璃さんと同じで口は悪いものの、タマさんの態度は柔軟だった。仲違《なかたが》いのことは水に流しつつ、再結成にも前向きだったと思う。

「コウのせいで怒ったわけじゃない。そう言ってくれただけで、本当のところは紅茶が原因なんじゃないか。怒ったタイミング的にも」

千辺さんが言って、視線を僕に向ける。

「だとすると、やっぱり僕のせいじゃないですか。瑠璃さん、監督責任で明日ヘルプにきてもらえませんか」

「行けたら行く」

「絶対こないやつじゃないですか！」

僕が肩を落とすと、ふっとオコジョさんが口を開く。

「タマさんが言った通り、原因は紅茶ではありませんよ。ただコウさんが持ってきたものが、怒らせた原因だとは思いますね」

「そんな禅問答《ぜんもんどう》みたいな……やっぱり、キームンが悪かったんですか」

「茶葉は関係ないはずですよ。あとは明日にしましょう。そうそう、千辺くん。明日のアフタヌーンティーのメニューは――」

オコジョさんの謎めいた言い回しが気になり、家に帰っても眠れなかった。

「僕のせいではなかったとしても、もう関わっているわけだし」

ベッドに寝転び、天井を見ながら考える。

チトセさんは一度壊れた関係を、四十年越しに直そうとしていた。それがあんな風になってしまい、心中を察すると僕も苦しい。

アーミンズに拾ってもらって、はや一ヶ月。

接客はオコジョさんが胸元にいるおかげで、これといったミスもない。

そのかわり、ジョンの捕獲以外で役に立っている実感もなかった。

まだ一ヶ月なんだから当たり前と言われればそれまでだけれど、少数精鋭の職場で戦力外は申し訳なさすぎる。

「なにかしたいけど、なにもできる気がしない……」

僕は確実に成果を出せること――たとえば木に引っかかったドローンを取るようなことくらいでしか、他人に干渉しなかった。親切心は人並みにあるけれど、自分から行動して失敗するリスクは避けてきている。

なのにいまの僕は、チトセさんになにかしてあげたかった。

なにもしてこなかったくせに、気持ちだけが昂《たか》ぶっている。

「千辺さんが言うように、功を焦ってるのかな」

サッカーという「ガクチカ」を失った僕は、自分の力で居場所を確保したいのかもしれない。自分の評価を上げるために、チトセさんを利用しようとして――。

「いや、さすがにそこまでは思ってないよ……たぶん」

ぐるぐると考えていると、いつの間にか眠りに落ちていた。

午前十一時。

いつもの時間にチトセさんがやってきたので、僕は戸惑った。

「おはようございます。今日は午後に来店されると思ってました」

これはオコジョさんではなく、僕が尋ねている。

「もちろん、午後にもくるのよ。おかしくないわよね？　イギリスでは、一日になんども紅茶を飲むって言うし」

「そうですね。昨日はいらっしゃらなかったので、考え違いしていました」

「昨日はねえ、お洋服を買いにいってたの。お茶会で着ていたワンピースよ。恥ずかしいから言わせないで」

チトセさんは今朝もやっぱり、かわいらしかった。

「今年は、空梅雨《からつゆ》のようですねえ」

オコジョさんがカートの上で空を見上げてのんびり言うと、

「あそこのホテルのビュッフェ、おいしいのよ。ほら、ペンギンが支配人の」

いつも通りの世間話が返ってくる。

「それじゃあ、また午後にね」

結局とりとめもない話だけをして、チトセさんは帰っていった。

「タマさんの話、まったくしませんでしたね」

テーブルの片づけをしながら、オコジョさんに聞いてみる。

「人はお年を召されると、ルーティンを愛するようになるんですよ。逆の言いかたをすると、新しいことを始めるエネルギーが足りないようで」

「若いうちに旅をしとけって、千辺さんがよく言ってます」

ほかにはポテチ食っとけとか、カルビ食っとけとか。

「チトセさんは昨日、仲違いした友人とお茶を飲む偉業を成し遂げました。なんでもない顔で笑っていましたが、お疲れのはずですよ」

だからいつものルーティンを行って、日常に戻ろうとしているのだろうか。

「あ、そうか。オコジョさんとおしゃべりして、癒やされてるんですね」

「オコジョはかわいいですからね。ただ最近は、コウさんの笑顔も元気のもとになっているようですよ」

「僕ですか？　僕はこれといって、なにもしてませんけど」

「おや。コウさんはサッカー選手だったのに、自覚がないとおっしゃる」

カートの上で、オコジョさんがひょいと体を傾けた。

「日本代表の選手たちが、インタビューでよく言うでしょう。『見てくれた人に元気を与えられるプレーをしたい』って。彼らはサッカーをしているだけです。でも彼らのプレーを見た人たちは、実際に元気をもらっています。見ただけで」

はっとさせられた。思い当たる節がある。

「コウさんの、なにかしてあげたいという気持ちはわかります。ですが普通に仕事をするだけで十分ということも、わかっておいてくださいね」

僕がサッカーをしているだけでも、「勇気をもらった」とか「感動した」と言ってくれる人はいた。いつも笑顔のコンビニ店員さんを見て、「僕もがんばろう」と勝手に元気をもらったこともある。

「ちょっとだけ、わかった気がします。人は動物を見て癒やされるけど、動物はただ生きているだけですもんね」

「若いコウさんには、なにもしないことが歯がゆいでしょう。ですがオコジョはとってもかわいいので、『いるだけでいい』をよく心得ていますよ」

ぺろっと舌を出し、オコジョさんがウィンクする。

あざといけれど、たしかに心はあたたかくなった。

僕はオコジョさんの考えかたに感動し、休憩時間に千辺さんにも聞かせる。

すると、身も蓋もない答えが返ってきた。

「なに言ってんだ、コウ。おまえもオーナーと同じ、『目の保養枠』だよ。あー、やだやだ。イケメン、しっしっ」

若くて手足が長いだけで、そういう風に見られることはある。

「じゃあ予言しておきますね。三ヶ月もしたら千辺さんは、『よく見れば、そんなイケメンでもないな』って言いますよ」

すでに下高井戸さんで実証ずみだ。その後は「むしろタヌキみたいな顔だ」と言われる。おかげ選手時代の僕のチャントは、「証城寺《しょうじょうじ》の狸囃子《たぬきばやし》」だった。


午後三時が近づき、窓の外にチトセさんの姿が見えた。

玄関で出迎えて、壁の向こう側の部屋へ案内する。

「よかった。タマちゃんは、まだきてないみたいね」

チトセさんに緊張した様子はないけれど、そう見えるだけかもしれない。

なるべく普段通りに接しようと、僕はいつものように笑って話した。

やがて三時ちょうどに、タマさんが現れる。

「いらっしゃいませ。オコジョのティールームへようこそ」

玄関で出迎えた際、今回はオコジョさんも竹筒から顔を出した。

「本当に、オーナーだったのね」

タマさんは昨日と同じく不機嫌そうで、口調は淡々としている。

オコジョさんに驚いた様子はないので、その手の疑問は解消ずみらしい。

「ですです。ここはオコジョのティールームなので。さあさあ、チトセさんがお待ちですよ。ご案内しますね」

オコジョさんにあわせてドアを開けると、背後でタマさんが言った。

「昨日は不安がらせて、ごめんなさいね。あなたのせいではないわ」

僕個人に向けた言葉らしいので、顔だけ振り返って頭を下げる。

「とんでもないです。僕のせいだったらよかったのにと思っています」

「あなた、ずいぶん生意気なことを言うのね」

慌てて全身で向き直り、腰を折って謝罪した。

「すみません。たいへん失礼いたしました」

「ほめてるのよ。怒ってないわ」

実際タマさんは、すまし顔をしている。こういう性格だから、のほほんとしたチトセさんとコンビを組めていたのだろうか。

あるいはこの性格ゆえに、関係にひびが入ってしまったのかもしれない。

「いらっしゃい、タマちゃん。今日はきてくれてありがとう」

席に案内すると、チトセさんが笑顔で相方を迎えた。

「あなたのためじゃないわ。オーナーの顔を立てただけ」

タマさんはにこりともせず、長椅子に腰かける。

「紅茶に限らず、こちらからお好きな飲み物をお選びくださいね。ジュースもココアもおかわり自由ですよ。オコジョのおすすめは紅茶ですけれど」

メニューを渡して見守っていると、まずタマさんが言った。

「おまかせするわ」

するとチトセさんも、「じゃあわたしも」と続く。

「かしこまりました」

竹筒から応じたオコジョさんとともに、僕はカウンターへ戻る。

「飲み物はどうしましょう。早く持っていったほうがよさそうですけど」

ちらと奥の間を盗み見ると、明らかに会話は弾んでいなかった。

「実はもう、用意してあるんです」

オコジョさんが答えたタイミングで、千辺さんがキッチンから顔を出す。

「上がったよ。持ってけ」

サービングカートの上に、ティースタンドとアミューズのお皿が載っていた。

その横には、見慣れない紅茶缶がひとつ置かれている。

「華やかな缶ですね。中身は……」

僕は息を呑《の》んだ。缶の表面には、「KEEMUN」とプリントされている。

「ロイヤル・ハートミンスターは、一八九五年創業の紅茶メーカーです。安価なブレンドで有名な老舗《しにせ》ですが、キームンにはこだわりが感じられます。なにしろ会長自ら茶園に赴き、害虫駆除をしているんですよ」

オコジョさんは楽しげに語っているが、僕は不安でたまらない。

「大丈夫ですか。昨日タマさんが怒ったのも、キームンでしたけど」

「だからこそ、飲んでいただきたいんです。今回はコンロも持って、向こうで入れましょう。さあ、楽しい午後のお茶会を始めますよ」

僕は半信半疑のまま、オーナーを乗せてカートを押した。

「お待たせしました。まずは紅茶を入れますね」

僕がティーポットに湯を注ぎ、オコジョさんが砂時計をひっくり返す。

「本日のアミューズは枝豆のキッシュ。スープはヴィシソワーズで、これは西洋ネギとじゃがいもの冷たいスープですね。スタンド下段のセイボリーはスモークサーモンのサンドイッチと、きのこの和風ピッツェッタです。ピッツェッタはひとくちサイズのピザでして。きのこ出汁《だし》の餡《あん》でお召し上がりください」

紅茶を蒸らしている間に、オコジョさんがメニューの説明をした。

今回のメニューはボリュームが少なめで、ヘルシーなものになっている。

ゲストの年齢に対する配慮ではなく、「オーナーのリクエストとバランスを取った結果だ」と、千辺さんは言っていた。

「スタンド中央はオレンジスコーンと、コーニッシュパスティです」

パスティは、パイ皮にひき肉やたまねぎを詰めて焼いた料理だ。見た目は「大きめの揚げ餃子《ぎょうざ》」といった感じで、すこぶる腹持ちがいい。

「まあ本来パスティは、コーンウォールで作ったもの以外『コーニッシュ』を名乗れないんですけどね。うちのパティシエの千辺くんは、きちんと現地に行ったことがありますので。観光で。尾も白い！」

オコジョさんが白い尻尾を持ち上げると、チトセさんだけが笑ってくれた。

けれど小さなオーナーは落ちこまず、メニューの説明を続ける。

「最上段のプティフール、小さなケーキは、目にも鮮やかなサマープディング。そしてあんずのミルフィーユと、紅茶のアイスクリームをご用意しました」

僕が食べたときよりも彩りが豊かで、お姫さま感のあるアフタヌーンティーだ。

おしゃれでかわいらしいふたりには、ぴったりだと思う。

「すごいわねえ。こんなに食べきれるかしら」

チトセさんが他人ごとのように言う。

「アフタヌーンティーは、みなさま食べきれるかと心配します。そして食べ終わったあとに、半数の人がちょうどよい量とおっしゃいます。ねえ、コウさん」

オコジョさんに話を振られ、僕は素直に「はい」とうなずいた。

「じゃあ半数の人は、残しちゃうのねえ」

チトセさんが眉を下げると、ここぞとばかりにオコジョさんが言う。

「逆なんです。多くのかたが物足りないと、追加で注文を頼まれます。楽しくおしゃべりしながら食べていると、案外いけちゃうものですよ」

それは本当で、アフタヌーンティーセットを残す人はほとんどいない。おひとりさまのご来店でも、うちにはおしゃべりなオーナーがいる。

「こういう料理を食べるのは久しぶり。スープがいいお味ね」

タマさんが先に口をつけ、ゆっくりと味わうように食べ進めていた。

「でしょう？　パティシエの千辺さんは、世界中で料理修業したんですって。ハワイでこんなちっちゃい、マグロを釣ったことがあるって」

さすが常連のチトセさんは、僕の知らないことまでご存じだ。

「この歳になると、同じものばかり食べるのよね。こんなに洒落た料理を食べられるなんて、オコジョさんに招かれてうれしいわ」

タマさんの言葉に違和感を覚えたけれど、気のせいかもと紅茶を注ぐ。

「キームンです。お茶の始まりの国、中国で生産される茶葉ですね。手間と時間のかかった紅茶で、バラのような香りが特徴です。質のよくないキームンはスモーキーな香りがするんですが、オコジョはあれも、きらいではないんですよねえ」

オコジョさんほどになると、一周まわってなんでも好きらしい。

とはいえお客さんには質のいい茶葉で、ストレートで用意している。まだ食事中心の時間なので、レモンティーやロイヤルミルクティーは二杯目で考えていた。

「お茶の始まり……そういえば、聞いたことあるわ。紅茶も烏龍茶《ウーロンちゃ》も日本茶も、ぜんぶ同じ木からできるんですってね」

わりと有名で、チトセさんなら知っていそうな話だと思う。

「そうですね。チャノキの葉には、発酵成分が含まれています。これを加熱し、発酵を止めたものが緑茶。少し発酵させると烏龍茶。完全に発酵させたものが、紅茶になります。大豆で言えば、紅茶は納豆ですね」

チトセさんはくすくす笑ったものの、タマさんは黙々と食べていた。

自分の仕事をまっとうするだけでも、誰かにとっては救いになる。

オコジョさんはそう言ったけれど、現状はやはりもどかしい。

「これ、おいしいわね。こういうの、自分では絶対に選ばないから新鮮だわ」

タマさんはパスティをナイフで切って、上品に食べていた。

「コーニッシュパスティには、興味深い昔話がありましてね。鉱山に出かけていく夫のために、妻はお弁当としてパスティを持たせていました。当時の文化なので袋にも入れず、オーバーオールのポケットにぽいっと」

「野蛮な時代ね。でもそういうのは好きよ」

なんとなく、タマさんが楽しんでいるように見える。

「そして鉱山に着いたら、今度は入り口のバスケットにパスティをぽいっと入れておくんです。当時のランチはみんなパスティでして。なので夫が自分のパスティがどれだかわかるように、妻は余った生地を使い、パイ皮に伴侶のイニシャルを貼りつけていたとか」

「あったわねえ。愛妻弁当に、海苔《のり》で『ＬＯＶＥ』って書いたりしたわ」

「記憶の改ざんかしら。あなた独身でしょう」

ここへきて、チトセさんとタマさんがまた嚙《か》みあってきた。

「ただですね、鉱夫がひと仕事を終えた頃には、パスティは煤《すす》で真っ黒なんです。だから彼らはパスティの中身だけを食べて、皮は捨てたそうですよ」

オコジョさんの話に対して、「ま～ぷる娘」はそれぞれ反応が異なった。

「それはねえ、わたしもそうするわねえ」

「最低ね。妻の作ったものを捨てるなんて」

価値観の違いが如実に表れたところで、タマさんがうんざりと息を吐く。

「チトセ。ちゃんと四十年前の話をしましょう」


音曲漫才というものを、僕はほとんど知らない。現代でも楽器を弾きながらネタをやる芸人さんがいるので、それに近いものだと思っている。

当時のふたりは三十歳で、業界の中では若手だったらしい。ゆえにアイドルのような扱いで、ミニスカートをはいてステージに上がっていたそうだ。

いまよりも女性に厳しい時代で、給料は雀《すずめ》の涙。それでもふたりは芸人を続けるために、一緒に暮らしていたのだとタマさんは言う。

「貧しいけれど、乙女だし、人気商売だったからね。お洋服やお化粧品、おしゃれな小物なんかもよく買ったわ。人生で一番楽しかった時期よ」

誰あろうタマさんが言ったことで、チトセさんは涙ぐんでいた。

「うれしい。わたしもそうよ、タマちゃん」

「あの頃は、あたくしのほうがよく泣いてたわ。それをあなたが慰めてくれた。『そんなの屁《へ》でもないわよ』って。がさつなのよ、あなたは」

タマさんは淡々と続ける。

洗濯に使う風呂の残り湯をすぐに捨ててしまうとか、読んだ雑誌をちり紙に交換する前に捨ててしまうとか、冷蔵庫がないのにシュークリームを買ってきて食べきれずに腐らせるとか。

そういった生活の部分において、タマさんとチトセさんはとにもかくにも価値観があわなかったらしい。

一緒に住んで、なおかつ仕事でも隣に立っているのだから、タマさんのストレスは並々ならぬものだっただろう。

けれどチトセさんに悪気がないことは、タマさんもわかっていた。根本的な価値観が違うのだから、言って直るものでもない。

「それだけだったら、まだ我慢できたわ。もう限界と思ったのは、あたくしの誕生日をすぎて、ひと月たったときのことよ」

「誕生日……」

チトセさんが真剣な様子で、当時を思いだそうとしている。

その年、タマさんはチトセさんから誕生日プレゼントをもらった。お金がないなりの贅沢として、少しいい紅茶を買ってくれたらしい。

「覚えてないでしょう、あなたは。いまも目にしているのに」

タマさんの視線に気づき、僕は紅茶缶をテーブルに置いた。

缶は赤をベースにしたカラーリングで、デザインがとても凝っている。缶の中央には丁寧な筆致で花咲く庭園が描かれていて、飛んでいる一羽《わ》のハトが黄色いコスモスをくわえていた。

「この缶のデザインは、四十年前の復刻です。当時もこのかわいらしさが国内の女性に評判で、贈答用にたくさん輸入されていました」

「見たことあるような、ないような……」

チトセさんの口ぶりだと、記憶に見つからないのだろう。

「あたくしはうれしかった。お金がないなりに、あなたが真剣に選んで買ってくれたと思ってね。テレビの上に置いた缶が目に入るたび、気持ちが浮き立ったものよ。でもそれも、あなたは気づいてなかったんでしょうね」

　チトセさんはなにも言わず、ただ悲しそうな目で聞いている。

　レトロ博物館で見た感じだと、当時のテレビはいまと違って箱形で、上に置き時計や旅行の土産ものを飾ったりしていたようだ。

「紅茶はふたりで飲みきった。しばらくして、あたくしはテレビの上に紅茶缶がないことに気づいた。あなたは言ったわ。『夜中に紅茶を飲もうとしたら、空だったから捨てておいた』って。まるで自分がいいことをしたという顔でね。このときあたくしの中で、『好き』を『きらい』が上回ったわ。どんなに才能があっても、話していて楽しくても、ずっと一緒にはいられないと気づいたのよ」

　タマさんは長い話を終えて、紅茶をひとくち飲んだ。

「ごめんなさい、タマちゃん。わたし、あなたにひどいことをしたわ」

　チトセさんがメガネをはずし、涙をハンカチで押さえた。

「謝る必要なんてないわ。あたくしとあなたは他人だもの。あなたにとってはただのゴミ。あたくしには人生で一番うれしかったプレゼント。わかりあえるわけ、なかったのよ」

「でも、わたしまた、タマちゃんと仲よくしたいの」

「それはできるわ」

予想外の答えに、チトセさんがぱっと顔を輝かせる。

「こうやって、たまに紅茶を飲むくらいはね。あたくしも昨日は楽しかった。『きらい』が上回っただけで、いまでもあなたのことは好きよ。だから今日もここへやってきた。ただし、一緒に長い時間をすごすのは無理ね」

どちらかの死期が早まるわと、タマさんは初めて笑顔を見せた。

僕は手元の紅茶缶を見る。アーミンズで用意しているオリジナル缶は、黒地に白で看板のシルエットが描かれていた。見栄えは大きく異なるけれど、ハトとオコジョさんの位置や構図がよく似ている。

あのときタマさんが怒ったのは、キームンもキース・ムーンも関係なく、お店の缶を見て四十年前の悲しみを思いだしたからだろう。

「そうね……それでもいい、かな」

チトセさんは、泣き笑いのような顔だった。

「じゃあお茶会をしましょう。昔のネタあわせみたいに」

タマさんは昔の知人の近況を語り始める。チトセさんは適度に相づちを打っているけれど、笑顔がいつもよりも固かった。

弾まない会話を盛り上げようと、オコジョさんが雑学を語る。

「先ほどパスティの皮は捨てると言いましたが、実は諸説あります。煤で汚れるのはパスティではなく鉱夫の手なので、縁の部分を持ってパンの耳だけを残すようにして食べ、残った縁は『妖精の取り分』とした、なんて話もあるとか。妖精の要請に応じたわけです。尾も白い！」

オコジョさんがぴょいんと尻尾を跳ね上げたけれど、場の反応は薄い。

「コウさん。いまの面白いですよねえ？」

オコジョさんは納得がいかないのか、小声で聞いてくる。

相手はプロの芸人さんですからと、ひとまずお茶を濁しておいた。

そうして会話のないままに、ティースタンドのお菓子が残りわずかとなる。

「このアイスクリーム、妙ね」

ふっと、タマさんが言った。

「そう言えば、そうねえ。けっこうな時間がたつのに、どうして溶けないの？」

チトセさんが首を傾《かし》げる。

「そいつは、イミテーションなんですよ」

はかったようなタイミングで千辺さんが現れ、「どうも」と一礼した。

「種を明かしちまえば、こいつはマッシュポテトです」

千辺さんが持参したトレイから、アイスクリームを差し替える。

「普段は溶けちまうアイスは出しませんが、今日は特別です。うまいっすよ」

「紅茶のアイスというわりに、これは真っ白。妙ね」

タマさんが指摘すると、待ってましたとオコジョさんが胸をそらせた。

「紅茶といっても、ロイヤルミルクティーのアイスクリームなんです。ミルクたーっぷりですよ。ちなみに今日のスコーンには、ストロベリージャムとクロテッドクリーム以外に、もう一種類スプレッドがありますね？」

この黄色いのかしらと、チトセさんがガラスの器を掲げる。

「バターだと思って使わなかったの。クリームだけでも味が濃かったから」

溶かしバターに見えるそれを、オコジョさんは最初に説明していない。

「それはイギリス名物、レモンカードです。言うなればレモンパイの中身みたいなものでして。バターも入っていますが、酸味があって、甘みがあって、くせになる味なんですよ。どうぞ残っているスコーンに、アイスクリームとレモンカードをどーんして食べてみてください」

それはカロリー的にかなり罪深い。けれど今回はヘルシーなメニューだ。千辺さんが言った「バランスを取った」の意味は、こういうことらしい。

「……おいしそうね」

「……おいしいでしょうよ」

チトセさんとタマさんは、牽制するように互いを見つめあっている。

やがてふたり同時に、オコジョさんの食べかたをためした。

「おいしいわねえ。タマちゃん、これ高級店のフレンチトーストみたいよ」

「若いうちに食べたらだめな味だわ。馬鹿になってしまうわ」

オレンジ風味のスコーンに、紅茶が香るミルクたっぷりのアイスが溶け、そこにレモンカードが甘みと酸味とコクを足す。

きっとおおっぴらには言えない、背徳的なおいしさがあるだろう。

「コウちゃん、スコーンのおかわりもらえる？」

「あたくしたちも、おかわりする側になるとはね」

ふたりの判断を予期していたように、千辺さんがベストのタイミングで焼きたてのスコーンを用意した。

「レモンティーとミルクティーくらい、おふたりはまったく違う個性です。だからしばらくは、間にスコーンをはさむといいかもしれませんね」

オコジョさんが提案する。

ここで言う「スコーン」はアーミンズのことだと思うけれど、それでチトセさんが満足する形になるのだろうか。

「そうね。さっきも言ったけど、ここであなたと紅茶を飲むのはかまわないわ。でもそれ以上の関係は望まないで」

タマさんが予防線を張り、チトセさんが力なく笑う。

そこでなぜか、僕の口が動いた。

「あの、おふたりの話を聞いていて思ったんですが」

急にしゃしゃり出てきた若造に、タマさんが怪訝《けげん》の目を向けてくる。

「なんていうか、その、別れたカップルみたいだなって。すいません、変な意味じゃないんですけど、別れても仲のいい男女っているじゃないですか。一緒に暮らすことは我慢ならないけど、気心の知れた友人としては最高というか」

いち早く賛同してくれたのは、予想外の千辺さんだった。

「わかるぞ、コウ。別れてからのほうがいい関係ってのは、俺もそうだ。ラインを踏み越えてきた相手が家族か友人かで、俺の反応が違うんだよな。たぶん夫婦ってのは他人より、距離が『自分寄り』なんだ。自分だから許せないんだ」

千辺さんが結婚していた事実に驚き、僕は「えっ」と固まってしまった。

「話の腰を折ったな。コウ、続けてくれ」

僕は頭を振り、伝えようとしていた言葉を探す。

「ええと、おふたりはなんというか、家族のような関係だったと思うんです。仕事でも暮らしでも、ずっと一緒にいたわけですから。最初から運命共同体の関係だったわけで、逆に言えば単なる友人だった時期がないというか……」

「続けなさい。最後まで」

先を言い淀《いよど》むと、タマさんににらまれた。

「おふたりは、もう元の関係に戻ることは無理だと思います。これからは気心の知れた友人という、新しい関係を始めてみるのはどうでしょうか」

しばらくの間、誰もなにも言わなかった。

やっぱり他人に干渉するのはリスクが大きい。

どうして僕は、「ただそこにいる」に徹しなかったのか。

「コウさん、だったかしら。あなた本当に生意気ね」

タマさんが視線で僕を射すくめる。

「すみま、せん……？」

「ほめてるのよ。新しい関係、目からうろこだわ」

タマさんが、邪気のない様子で笑った。

「正直に言うとね、老後を考えると親しい友人はほしかったの。適度な距離感を保てる人だと、後始末もお願いしやすいから」

どうしてみんな、終活ジョークを持ちあわせているのか。

「タマちゃん、それわたしも思ってたの。ねえ、オコジョさん。わたし、同じ話をしたことあったわよね？」

僕の意図とは違ったけれど、ふたりはなぜか意気投合したようだった。

4

クローズ作業を終えた僕は、カウンターの席でしみじみとつぶやく。

「まさか千辺さんが、離婚経験者だったとは」

本人が隠しているわけではないというので、素直に驚きを口にした。

「別に普通だろ。夫婦の三組にひと組は離婚してる」

「それはそうなんでしょうけど。でもいざ聞くと、千辺さんはたしかに離婚経験者っぽいですね。あ、世間擦《せけんず》れ的な意味ですよ」

普段はダジャレおじさんだけれど、今日の仕事で見せた落ち着きはかっこいい。

そういう千辺さんの大人な部分に、裏打ちがあることに納得がいった。

「なあ、コウ。その『離婚経験者』って、持って回った言いかたはなんなんだ。俺が知らない間に、『バツイチ』は言っちゃいけなくなったのか？」

カウンター越しの千辺さんは、マッシュポテトをリメイクしたという「シェパーズパイ」でギネスを飲んでいる。

「いけなくはないでしょうけど。『バツ』という響きをきらう人もいるかなと。このパイ、普通においしいですね」

僕もご相伴にあずかりながら、ストレートで紅茶を飲んでいる。

シェパーズパイは直訳すれば、「羊飼いのパイ」だ。調理したひき肉やたまねぎにマッシュポテトで蓋をして、オーブンで焼き上げる。材料はパスティと大差ないけれど、ラムとにんにくを使っているぶんワイルドな味だった。

「俺は『バツイチ』と言われてもなんとも思わない。むしろコウが言った、『普通においしい』のほうがイラッと……まではいかないな。なんだ、あれだ」

「もやっと？」

千辺さんが「それ！」と指をさす。

「他意がないのはわかる。『普通においしい』で喜ぶ料理人もいるだろうさ。言葉に慣れているか、いないかの差か」

僕は「普通に」に対し、「千辺さんがイミテーションとかリメイクとか言っていたから期待はしていなかったけれど」、という意味をこめた。

若い人なら細かく説明しなくても伝わるし、ほめ言葉として口癖のように使う人もいると思う。千辺さんもそれはわかっているものの、まだ脳に浸透していないということだろう。

「コウ、覚えとけ。人間ってやつは、同じ言葉を出会ったその日に言うのと知り合って十年後に言うんじゃ、受け取りかたが変わってくる」

人生経験が増せば言葉への理解が深まる。相手との関係性も変化する。そうすると昔に聞いた言葉の、真意を読み取れたりする。そういうことだろう。

若造の僕には完全に理解はできないけれど、ひとつ思うことがあった。

「チトセさんは、タマさんに会うために洋服を買ったんです。遅刻癖も治して」

「お茶会の前から、関係性の変化を自覚してたってことか」

家族同然だから許せなかったタマさんと、家族同然だから素で接していたチトセさん。家族同然でなくなったいま、ふたりはうまくいきそうな気がする。

「しっかし、あれは驚いたな。コウがあんな話をするとはな」

千辺さんがあごひげを撫でながら、にやにやとしている。

「僕も不思議です。自分があんな風に出しゃばるなんて」

「いや、そっちじゃない。おまえってけっこう恋愛経験豊富なんだな。かわいい顔して、ブイブイ言わせてんのか」

チトセさんとタマさんを、別れたカップルにたとえたことだろう。

「『ブイブイ』って知らない言葉ですけど、なんとなくわかります。あの話は『恋愛マスター』を自称する、前職の先輩に聞いたんですよ」

特別に三百円でと、顔が赤らむような話をたくさん聞かされた。

「コウ……ふいにジェネレーションギャップで刺しにくるのはやめろ……」

千辺さんはなぜか、苦しげに胸を押さえている。

「おや、おいしそうですね。オコジョにもひとくちくださいな」

発注作業をしていたオコジョさんが、軽快な四つ足で二階から降りてきた。

極小スプーンを手に取って、僕のシェパーズパイをしれっと食べる。

「うん。普通においしいですね」

僕は噴きだし、千辺さんは半笑いだった。

「冗談ですよ。上で話を聞いてました。ところで明日も、アフタヌーンティーの予約が入っているみたいですね」

台帳に使っている人間用のノートを、オコジョさんが全身でめくる。

「あ、はい。僕が承りました。北野《きたの》さんと南平《みなみだいら》さんです」

ふたりは千辺さんのスイーツを愛する常連さんで、新作が出るたびにアフタヌーンティーを予約してくれるらしい。

ふたりとも駅伝の出場経験があるアスリートで、かつジョンに翻弄されていたことから、僕によく話しかけてくれていた。

「さすが恋愛マスター。マダムのハートをがっちりキャッチか」

千辺さんがまた、にやにやと笑う。

「恋愛マスターは先輩ですってば。だいたい北野さんも南平さんも、高校生のお子さんがいるんですよ。僕によくしてくれるのは、単純に親目線です」

「いやいや。コウがきてから、明らかに女性客の単価が上がってるぞ」

千辺さんが食い下がるけれど、僕にはエビデンスがあった。

「それ、今月のアフタヌーンティーが評判いいからですよ。本当にお客さんのハートをつかんでいるのは、千辺さんのスイーツです」

僕はスマホを操作し、アーミンズの口コミを見せた。

「うお……ありがてえ。ヌン活も安くないのに、こんなに通ってくれて」

「なんか、意外ですね。千辺さんが『ヌン活』を使うの」

アイドルを推す活動を「推し活」と言うように、アフタヌーンティーを食べ歩くことを、縮めて「ヌン活」と言ったりする。

「なんでだよ。おじさんが使ったっていいだろ」

「いや年齢じゃなくて、千辺さん軽い言葉をきらうじゃないですか。さっきの『普通においしい』とか」

「オコジョも意外でした」

台帳を見ていたオコジョさんが、ひょいと二本足で立ち上がる。

「コウさんお若いのに、『ヌン活』を軽い言葉と認識してるんですね」

「いや別に、僕が軽く見ているわけじゃなくてですね。紅茶業界の人とか、怒ったりするんじゃないかなって」

「出たな、ク忖度。おまえには自分がないのか」

ひどい言われようだけれど、千辺さんの言葉はちくりと刺さった。

「コウさんは、『イクメン』という言葉をご存じですか」

なぜかオコジョさんが、唐突に話題を切り替える。

「あ、はい。育児をする男性のことですよね」

「そうです。イクメンという言葉は、昔けっこう議論を呼んだんですよね。どうして男性だけが育児をするとほめられるのか的に」

論争があったことは寡聞にして知らないけれど、聞いてなるほどと思った。「イクメン」に相当する女性を対象とした言葉は、いまもないと思う。

「でもオコジョはこの言葉、結果的によかったんじゃないかと思うんです。なんだかんだで、男性の育児参加は増えましたし」

もしも自分が育児に積極的でない男性だと想像すると、世間の議論をかなりプレッシャーに感じたのではないだろうか。

「言葉が生まれて関心が高まると、世間はよりよい方向に動くものです。だからオコジョは、『ヌン活』という言葉に期待していますよ」

オコジョさんが、ぐっと小さな親指を立てた。

そういえば、いまでは「イクメン」という単語はあまり見かけない。代わりに「子育てパパ」、「子育てママ」をよく見かける。

わかるわかると、千辺さんが小刻みにうなずいた。

「コウをかばうわけじゃないが、たしかに『ヌン活』は軽さがあるよな。伝統を重んじる英国文化と真逆っつーか。でもおかげで敷居が下がったり、言いやすかったりするだろ？　なにしろ『アフタヌーンティー』って言葉は……」

千辺さんの言葉に、全員が「長い！」と口をそろえた。

「たしかに『ヌン活』って最初に言った人は天才ですね。三文字で伝わるし」

「オコジョも好きですよ。『ヌン』の肩の力が抜けた感じが」

「俺は逆に、気あいの入った感じがするな。『ヌン！』と」

夜のアーミンズスティールームは、こんな風に他愛のない話に花が咲く。

「どれだけ配慮しても、言葉は正確に伝わりません。大事なのは感情で、それは言葉以外で伝えるもの。今日コウさんがカップルの話を始めたとき、オコジョはひやっとしました。もう少し、ふさわしいたとえがあるんじゃないかと」

「すっ、すみません」

「いえいえ。文字でコミュニケーションするネットとは違って、現実では言葉に抑揚や表情が加わります。だからコウさんの適切とは言えないたとえも、きちんとおふたりに伝わりました。オコジョはとってもうれしかったですよ」

そういうことかと、自分の突発的な行動に納得がいった。

僕はただ、明日の朝もチトセさんに会いたかっただけなのだ。


午前十一時。

今朝もチトセさんは、アーミンズティールームにやってきた。

庭のテーブルでイングリッシュ・ブレックファスト・ティーを飲みながら、昨日のことをうれしそうに語る。

「コウちゃんに言われて、ちょっとタマちゃんと話しあったのよ。わたしたちは新しく『友人』という関係を始めるんだから、再結成は違うんじゃないかしらって。あの頃に戻ろうっていうんじゃないものね」

そうかもしれない。友人の距離から家族同然へと再び近づく「再結成」は、お互いの関係を悪化させる可能性もある。

「じゃあ、コラボという形はどうでしょうか」

「こらぼ？」

チトセさんが、ぽけっと口を開けた。

「お互いが個人名義で、一曲だけ一緒にコラボレーションする形であれば、ビジネスパートナーの距離でやっていけるんじゃないかと」

これはバンドの話だけれど、実際にそうしているアーティストがいる。ファンは実質的な再結成を喜ぶけれど、本人たちにとっては大違い。前に進むためには必要な距離感で、まさに「名を捨てて実を取る」行為だ。

「いいことを教えてもらったわ。たぶんコウちゃんとわたしくらいの距離感が、タマちゃんにとってはちょうどいいのよね」

こちらはむしろ踏みこんだのに、チトセさんは僕に距離を感じている。ままならないというよりも、むしろ最初の僕が遠すぎたのだろう。

「実際ねえ、売れている芸人さんって、コンビでも楽屋は別々なの。続けていくためには、そうすべきだったんでしょうね。あ、でも待って。別々の部屋に泊まるってことにすれば、旅行とかもいけちゃうんじゃないかしら」

「どうでしょうね。タマさんは倹約家だったみたいですし、逆にもったいないと一緒の部屋に泊まるかも」

「困るわ。今度こそきらわれちゃう」

チトセさんがくすくす笑って、空を見上げる。

六月なのに、今日も雨は降りそうもない。雨男がいないように晴れ女もいないのだろうけれど、チトセさんは午前中のやわらかい陽射《ひざ》しがよく似あっていた。

「ところで、コウちゃん。今日はオコジョさん、いないのかしら」

「寝坊だと思います。起こしてきましょうか」

「いいの。あのね、旅行の話で思いだしたんだけどね」

チトセさんが、珍しく声をひそめた。

僕も腰をかがめ、耳を近づける。

「昔タマちゃんと北海道《ほっかいどう》にいったとき、オコジョを見たのよ。オコジョさんじゃなくて、本物の。というか、普通の」

まあしゃべるオコジョが普通でないのは間違いない。

「ちょうど、冬の時期だったのね。スキー場で、ぴょこんって顔を出したの。真っ白でかわいらしくてねえ。わたしは見て見てタマちゃんって、スキーウェアを引っ張って。あの頃のウェアだから、すごくごわごわでね」

よく知らないけれど、とりあえずうなずく。

「そしたらね、オコジョがとんとんって、雪の上を飛ぶみたいに走ったの。でも真っ白な雪の上の真っ白なオコジョなのに、ずっと目で追えたの。見失わなかったの。なんでかっていうとね――」

本物のオコジョは、尻尾の先が「黒」だったから。

チトセさんはそう言った。

一方のオコジョさんは「尾も白い」という持ちネタがあるくらいで、尻尾の先端までがきれいに真っ白い。

「だからね、オコジョさんって、オコジョじゃないんじゃないかしら」

オコジョさんが普通のオコジョでないことは、誰しもが認めていた。

その上で僕たちはオコジョさんのことを、「しゃべるオコジョ」とふんわり認識している。

しかしそもそもオコジョでないとなると、話が違ってくるのではないか。

「僕はまだバイトを始めて一ヶ月なので、よく知らないんです」

よくどころか、なにも知らない。

でも千辺さんが離婚していたと知ったのも、つい昨日のことだ。

距離感は日々変化している。僕とオコジョさんの関係も変わっていく。

「まあオコジョさんがオコジョじゃなくても、オコジョさんよね」

チトセさんは言うけれど、起点が揺らぐとすべての見方が変わる気もした。

三杯目

アールグレイと
銀座で買うメロンパンみたいな味

1

僕が働くティールームのオーナーは、「オコジョさん」という。

オコジョさんの見た目は北海道などにすんでいる、ネコ目イタチ科イタチ属の愛くるしい動物。いわゆるオコジョに似ている。

身長は自称二十八センチ。体重はレモン二個分。指の数は人と同じ五本で、木登りが得意。この辺りは本物のオコジョと変わらない。

けれどオコジョさんはオコジョと違い、七月になっても茶色の夏毛にならず白いまだった。尻尾の先端も黒ではなく白い。

そして最大の違いは、オコジョさんは人の言葉をしゃべる。

一人称はオコジョ。紅茶や料理、英国の文化に詳しく、接客の際には小粋なトークでゲストを楽しませる。

本物のオコジョは見た目に反して凶暴で、狩りの前に「死のダンス」を踊って獲物を追い詰める。かたやオコジョさんは紳士的でホスピタリティにあふれ、困っている人を追いかけてお茶会に招待する。

オコジョさんの年齢は不詳。四十五歳の千辺さんと同じくらいダジャレに通じていて、「ナンチャッテ」などおじさん発言も多い。本来オコジョは十年も生きないけれど、過去の写真から推定するとオコジョさんは百歳近いと思われる。

オコジョさんは筒を愛している。

竹筒、ちくわ、ポスターケースなど、大小を問わず、筒や管を見ると潜りこまずにいられないらしい。僕が伝票整理で使うスティック糊《のり》がなくなるのも、胴を長くして待っている。

本物のオコジョはかわいいけれど、オコジョさんもかわいい。

つぶらな瞳。ふわふわの毛。ぷにぷにの肉球。胴長短足の立ち姿に、小さなジレと蝶ネクタイ。なにをしてもかわいらしく、正直ずっと見ていられる。オコジョさんもそれを自覚しているので、あざといくらいにポーズも取ってくれる。

そんなオコジョさんの唯一の欠点は、朝が弱いこと。

夜遅くまで海外のドラマを見ているせいで、午前十一時と遅めの始業なのに遅刻の常習者。おまけにドラマが佳境に入ると、店でもうとうとする。ときには堂々と寝そべっていたりもするけれど、オーナーだから誰も怒れない。かわいすぎてお客さんのクレームもない。ずるい。

そういうわけで、かれこれ二ヶ月。雇い主が謎の生き物でも、僕は問題なく働けている。従業員としても店は居心地がいいし、紅茶の勉強も楽しい。

だからいまさら、オコジョさんの正体を暴こうとは思わない。

思わないけれど、知りたくないわけでもなかった。


「到来。アイスティーの季節……」

まだ開店前の準備中。

青いスカーフを首に巻いた瑠璃さんが、カウンターでため息をついた。

瑠璃さんはアーミンズの元従業員で、現在はティー・インストラクターとして独立している。人手が足りないときはヘルプでシフトに入ってくれるし、今日のようにオコジョさんの外出時はオーナー代理も務めていた。

そんな瑠璃さんは、僕に紅茶の入れかたを教えてくれた師匠でもある。

「入れかた難しいですよね、アイスティー」

僕もなんども入れているけれど、いまだに自信を持てない。

紅茶、コーヒー、ココアなど、世の「アイス〇〇」という飲み物は、濃いめの原液を作ってから氷で冷やす、「オンザロック方式」をとることが多い。

熱い液体を注げば、当然のように氷は溶ける。それを計算して一定の味にするのは至難の業だし、紅茶の場合は別の問題もあった。

「紅茶のおいしさは、カフェインとタンニン。この成分は氷で冷やすと結合し、白っぽく濁る。コウくん、この現象の名前は」

たまに一緒にシフトに入ると、瑠璃さんはこんな風に弟子をテストする。

「『クリームダウン』です。クリームダウンを起こしても味は変わらないという人もいますが、僕はけっこう変わる気がします」

渋みも感じやすい気がするし、なにより見た目がおいしくない。

「クリームダウンを防ぐ方法は」

「えっと……蒸らしを減らすか、冷やす前に加糖。あとは水出し。それとアールグレイで入れることで、カフェインやタンニンの量を抑えられます」

実はアールグレイという「紅茶」はない。

いやあるだろと言う人に説明すると、ダージリンやアッサムなどと違い、アールグレイは産地の名前ではないということだ。

僕の好きなキームンや数種の茶葉をブレンドして、ベルガモットという柑橘の香りをつけた「フレーバーティー」が、アールグレイと呼ばれている。

アールグレイは好ききらいがあるけれど、カフェインの量を抑えて香りを維持できるため、アイスティーには向いた茶葉だ。

「手間がかかるわりに、多くの店で一番安いメニュー。しかもこの時期大人気」

「ちゃんと入れたアイスティーって、めちゃめちゃおいしいですもんね」

暑い外から涼しい店に入って、冷えたアイスティーをごくごく飲む。

のどを潤せればそれでいいと思っていたのに、しっかり紅茶の香りと風味があったりすると、つい二杯目を頼みたくなる。

「アイスティーのおいしいお店を、世間はもっと評価すべき」

瑠璃さんはアイスティーを面倒がっているわけではなく、過小評価されている現状を憂いているようだ。

「今日もいい天気ですし、アイスティーがよく出そうですね」

外の陽気を確認しつつ、僕は開店の準備を進めた。

今日はオコジョさんだけでなく、パティシエの千辺さんもいない。ふたりで大阪《おおさか》に出張らしく、戻りは夜になるという。

「ダイジョブヨ、コウ。ベンがいればなんとかなるヨ」

キッチンから糸目の顔を出し、ピザ生地を片手で回す肌の浅黒い男性。

千辺さんの代わりにフードを作るベンガルさんも元従業員で、僕よりも店の勝手をわかっているという。あとインド映画のダンスをキレッキレで踊れるらしい。

「ですね。ベンさん、よろしくお願いします」

そういうわけで、今日はいろいろとイレギュラーな日だ。

「コウくん。私しばらく海外。質問はいまのうち」

瑠璃さんは最新の紅茶事情を学ぶため、ヨーロッパをあちこち回るらしい。

「質問ですか」

少し考えて、はたと思いつく。

「あの、紅茶以外のことでも大丈夫ですか」

「セクハラには気をつけて」

「そんなこと聞きませんよ！　オコジョさんのことです」

そう言うと、瑠璃さんはくいっと片眉を上げた。

「なに」

「瑠璃さんは、オコジョさんのことをどう思っていますか」

「元雇い主」

「そういうことではなく、なんで動物がしゃべるんだ、とか」

「いまさら？　それは直接聞いて」

「そうすべきでしょうけど、タイミングを逃したというか……」

千辺さんも同じ回答だったので、もう人から聞くのは難しいかもしれない。

「コウくんの長所は、夢敗れた人間にしては世拗《よす》ねていないこと。短所はことなかれ主義の忖度気質で、自己主張と積極性が死んでること」

「言いすぎでは……？」

一瞬で、鼻の奥がつんとなった。

「って、千辺ちゃんが言ってた」

「あのダジャレおじさん……に、罪をなすりつけようとしてません？」

瑠璃さんが目を線にして、にんまりと笑った。

「リャンと話してくる。コウくん、中お願い」

リャンくんも元従業員で、現在は造園会社で働いている。アーミンズの庭の手入れは、ふらりと店を訪れるリャンくんがすべてやっていた。

「瑠璃さんって、リャンくんと仲がいいんですね」

「嫉妬？」

「ちが……わないか。嫉妬してるのは、瑠璃さんにですけど」

リャンくんはたぶん二十歳前後。お店の関係者では僕が一番歳が近いので、できれば仲よくなりたいと思っている。

ただどうにも会話が弾まない。年下でも先輩風を吹かせてくれていいのに、ものすごく距離を空けられている。今朝も少し話したけれど、「……っす」以外の返事をいまだ聞けなかった。進歩したのは「くん」呼びにできたくらいだ。

「リャンは子ども。私は母親代わり。あの子もコウくん、きらいじゃないから」

珍しく機嫌よさそうに、瑠璃さんは庭へ出ていった。

窓から見ていると、リャンくんの口が動いているのがわかる。親子というほど歳は離れて見えないけれど、ふたりの間に壁はなさそうだ。

そうこうする間に十一時になったので、店をオープンした。

七月に入って暑さが増したせいか、やっぱりアイスティーがよく出る。

紅茶を入れる人間がふたりいるのでそこまで忙しくはないけれど、明日からはたいへんだろう。

終業後にはまかないとして、ベンさんのカレーを食べた。

ぐるぐる回していたのは、ピザ生地ではなくナンだったらしい。疲れた体に辛さが心地よく、ナンは単体でも絶品だった。

「戻ったぞ。俺にもベンのカレーくれ」

ベンさんの噂に違わぬキレッキレのダンスを見ているところに、千辺さんが帰ってきた。肩にはオコジョさんが乗っている。

「お疲れさまです。お店はなんとかなりました」

僕は労をねぎらうべく、アイスティーの用意をした。

「いやあ、みなさんのおかげでよい旅でした。あ、これお土産です」

オコジョさんが言い、千辺さんが紙袋から箱を手渡してくれた。

開けると中に、星の形をしたぬいぐるみが入っている。「=」な感じの目がついているので、たぶん取ると無敵になるあれだ。

「……仕事だと思ってましたけど、もしかしてオコジョさんと千辺さん、大阪のテーマパークで遊んできました?」

「ですです。千辺くん、写真を見せましょう。ほら、オコジョがとってもかわいいですね。どうしても、この筒に入ってみたかったんです」

千辺さんのスマホに、緑の土管から顔を出したオコジョさんがいた。

たしかにかわいい。かわいいとは思う。楽しそうでなによりだ。けれど――。

「僕も、行きたかったたな……」

「なんだよ、コウ。誘いを断ったのはおまえだろ」

千辺さんが口をとがらせる。

「誘われてませんよ！」

「誘ったっつーの。前に『休みはほしくないか』って聞いただろ。そしたら『見習いだから早く仕事を覚えたいです』って、おまえは断った」

「旅行なんて、ひとことも言ってないじゃないですか！」

「いまの若者は、社員旅行とか飲み会とかいやがるだろ？　コウに見習って忖度したんだよ。断りにくくならないように」

最近ネットニュースで見た。現代の若者は、むしろ飲みニケーションを望んでいるらしい。なぜなら誘いもされなくなったからだ。悪いのは誰なのか。

「そんな落ちこむなよ。次は一緒にいこうぜ。超楽しかったから何回でもいける」

千辺さんは悪びれもせず、引き続き画像を見せてくる。

むくれつつもかわいいオコジョさんを見ていると、ふと気になった。

「このやたら一緒に写っている着ぐるみ、なんてキャラでしたっけ」

エプロンをしたシロクマのような生き物が、オコジョさんを頭に乗せている。両者とも白くてふわふわなので、オコジョさんまでぬいぐるみみたいだ。

「ああ、一緒にいった友だちのまなぶくんです。ミナミコアリクイのハンコ職人さんですよ」

はっはと笑うオコジョさんに、僕は「はあ」と返すしかなかった。そのまなぶくんという人は、一日中着ぐるみ姿だったのだろうか。

「アリクイさんも、しゃべる」

隣で瑠璃さんが、こそっと耳打ちしてくる。

そりゃあ中の人はしゃべるだろうと考えて、はっと気づいた。

もしかして僕が知らなかっただけで、この世界にはオコジョさんのほかにもしゃべる動物がたくさんいるのだろうか。

「どうしたんだ、コウ。キツネにつままれたみたいな顔して」

千辺さんが言う。すると瑠璃さんがぷっと噴きだし、千辺さんやオコジョさん、はてはベンさんまで、くつくつ笑いだした。

「僕の顔、そんなに面白かったです？」

タヌキ顔なのに、ということなんだろうか。

ほんのり疎外感を覚えていると、瑠璃さんが僕を話題にする。

「それにしても、コウくんは勉強熱心」

「俺は気負いすぎるなと言ったんだが、コウは聞く耳を持ちゃあしない。若いやつはおじさんの言うことは、ぜんぶ聞き流していいと思ってやがる」

千辺さんも乗ってきた。

「さすがに被害妄想ですよ。僕は早く戦力になりたいだけです」

「もう十分すぎるほどなっていると、オコジョは思いますよ」

たぶんオコジョさんは、なぐさめてくれている。

「『僕はよそもの。戦力にならないとクビになる。だから旅行にも連れていってもらえなかった』、なんて感じているなら、本当に誤解ですからね」

「悪いのは千辺ちゃん」

「チベマジサイアク」

瑠璃さんとベンさんの追い打ちに、千辺さんは「ひでえ」と涙目だ。

「大丈夫ですよ。旅行は……そこまで気にしてませんから」

「間がありましたね……他になにか、仕事をがんばる理由があるんです？」

オコジョさんが全身を傾ける。

あらためて考えてみたところ、脳裏をひとつの言葉がかすめた。

『結果で判断されるのは、プロの世界だけだぞ』

サッカーをやめることを伝えると、父はそう言った。

僕たち親子に、ドラマみたいな確執はない。僕がサッカーで忙しくて親子の交流は少なかったけれど、時間があえば気さくに話していた。

だからその言葉の意味も、聞けば教えてくれたと思う。

けれど僕は聞くことができなかった。弟のことを考えていた。

プロでなくなった僕は、もう結果を求められない。プロになった弟と違って自由に生きていけばいい。父は優しさで、そう言ってくれたのだと思う。

けれどその言葉は喉に引っかかった小骨のように、ずっと頭の隅にあった。

「僕はこの店が好きなだけですよ。ほかに理由はありません」

僕は「ガクチカ」と呼べるものを失った。だからここでなにかを得ようとしているけれど、どれだけ勉強しても「プロ」の手応えがない。

自分でもつかみ所のない強迫観念は、とても人には話せなかった。

「あえて言いますが、コウさんはバイトです。お店に責任を感じたりしないでくださいね。コウさんのセカンドキャリアを、オコジョは応援していますよ」

ティー・インストラクターの瑠璃さんも、パティシエの仕事もこなすカレー店勤務のベンさんも、庭師でがんばるリャンくんも。

みんなかつてはこの店で働いていて、なにかを見つけて旅立っていった。

オコジョさんは僕にも、そうなってほしいと思っているのだろう。

「ありがとうございます。それじゃあ、今夜はもう帰りますね」

店を出て、夜空を見上げる。

雨は降っていないけれど、星も見えなかった。

2

土曜日は常連さんよりも、初めて来店するお客さんが多い。

窓越しにきょろきょろする人が見えたので、僕はドアを開けて出迎えた。

「いらっしゃいませ。オコジョのティールームへようこそ」

このセリフは、僕が首から下げた竹筒の中でオコジョさんが言っている。オコジョさんが顔を見せるのは、お客さんが慣れてからだ。

「えっと……」

ポロシャツ姿の男性は、少し面食らっていた。

年齢は四十代の半ばくらい。男性のひとり客は、ゼロではないけど珍しい。

「ここは、喫茶店なんですか」

男性は様子をうかがうように、僕の背後をちらちらと見ている。どうやら散歩のついでに、気まぐれで来店したようだ。

「ええ。当店は紅茶専門のティールームでございますよ。とはいえケーキや軽食、フレッシュジュースもご用意しています。ただしコーヒーだけはありません。なぜならこの店の目的は、紅茶に親しんでいただくことで――」

初めてのお客さんにも、オコジョさんはマシンガントークで応じる。

男性は僕がしゃべっていると思っているはずだ。どこかで「声が違う」と気づいたときには、もうオコジョさんの虜《とりこ》になっている。僕もそうだった。

みんなそうやって、しゃべるオコジョという非日常を受け入れていくのだ。

「ここが店だということも、初めて知りました」

アーミンズの営業時間は、午前十一時から午後の六時。場所も辺鄙《へんぴ》なので、夜しか目にしない人からは、ただの家だと思われがちだ。

「ティールームが初めてでしたら、紅茶とケーキのセットがおすすめですよ。今日は暑いですし、店内で涼んでいかれませんか」

オコジョさんの声での勧誘に、「それじゃあ」と男性が同意した。

「こちらのお席へどうぞ」

落ち着けるテーブル席は埋まっていたので、カウンターへと案内する。

椅子を引いてメニューを渡すと、男性はしばらく眺めてから顔を上げた。

「紅茶とケーキのセットをお願いします。アイスティー（アールグレイ）と、ケーキはこの……『クランペット』でも大丈夫ですか」

男性はかっこ書きの中身まで発声した。真面目な人らしい。

「もちろんですよ。少々お待ちください」

オコジョさんが了承し、僕はカウンターの内側へ入る。

「このお店は、お兄さんがひとりでやっているんですか」

「いえ、僕はアルバイトです。いまは姿が見えませんが、オーナーがいまして。基本はオーナーと僕、それからパティシエの三人で回しています」

「なんか……お兄さん、急に声が変わりましたね」

「そうですか？　声変わりかな」

そろそろかなと、僕はネクタイをめくる。

けれどオコジョさんはつぶらな瞳で僕を見上げるだけで、竹筒から出てくる様子はない。まだそのときではないらしい。

「ところで……青いスカーフを首に巻いた……その、なんて言えばいいのかな」

男性が、なにやら言い淀んでいる。

するとキッチンのドアを勢いよく開け、千辺さんがカウンターに現れた。

「クランペット、お待ち」

お皿を雑にカウンターへ置くと、千辺さんが耳打ちしてくる。

「コウ。ありゃたぶん、瑠璃を目当てにきたスケベ親父《おやじ》だ。おおかた昨日働いているところを見たんだろう。レギュラーじゃないと知ったら、二度とこないぞ。適当にあしらっとけ」

僕はこっそりうなずき、氷で満たしたティーポットに紅茶を注いだ。

「他店からきたヘルプのかたですね。当分はこないと思いますよ」

瑠璃さんはしばらく海外なので、うそは言っていない。

「ヘルプ……？　それはどういう意味ですか」

「すみません。その辺りは個人情報なので」

こういう対応はオーナーがすべきではと、竹筒の中を見る。

すると僕を見上げていた瞳が、ぴっちり閉じていた。完全にすやすやだった。

「個人情報……まあ、そうか。そうですね」

男性はあっさり引き下がった。千辺さんが言うほど面倒な人でもなさそうだ。

それならオコジョさんは、寝かせておいてあげよう。

「お待たせしました。アイスティーです」

カウンターにコースターを敷き、ロンググラスを置く。

のどが渇いていたのか、男性はすぐにストローに口をつけた。

そして大きく目を開き、グラスを持ち上げて眺める。

「アイスティーって、こんなにうまかったっけか」

普段はノータイムでアイスコーヒーを注文している男性ほど、この感想を言う傾向があった。紅茶と疎遠な世代なのだろう。

「ありがとうございます。今日は暑いですしね」

「いやいや、俺が若い頃に飲んだときはただの渋い水だったよ。これはなにしろ香りがいい。紅茶というより、花みたいな匂いだ」

「アールグレイは、香りを楽しむフレーバーティーです。ベルガモットというミカン科の柑橘で着香《ちゃっこう》するんですが、僕も花っぽいなと思います」

古来からお酒や香水にも使われる、人が好む匂いであるらしい。

ただその香り自体が苦手という人もいて、その割合としては男性が多かった。

「紅茶の技術が進歩したのか、この店がいい紅茶を仕入れているのか。あるいはきみの入れかたがうまいのか。単に昔の俺が、はずれを引いたのか」

「ぜんぶだと思いますよ。僕以外の」

たぶんお客さんが自分で入れても、昔のアイスティーよりはおいしい。紅茶の製法は日々進化しているし、茶葉はオコジョさんがこだわり抜いている。

「謙遜《けんそん》するね。しかしクランペットって、こういうものだったんだな。もっとパリパリした、薄い板みたいなお菓子だと想像してたよ」

男性が皿の上を見て、なぜかなつかしそうにつぶやいた。

クランペットは言うならば、英国風のパンケーキだ。一般的なサイズのパンケーキよりも小ぶりで、表面を焼いてかりっと仕上げてある。

「ほほー。想像というと、文章で読んで知った感じです?」

眠っていたオコジョさんが、いつの間にかカウンターの上にいた。

「本で読む馴染みがない料理というのは、実に魅力的ですよね。魔法学校のビールもおいしそうですが、いつか出会える実物もまたよしで。幼年期のかわいいオコジョは中東の旅行記を読んで、『クスクス』に思いを馳《は》せていましたよ。クランペットですと、お好きなのはジェフリー・アーチャー辺りです?」

そうそうと顔を上げた男性が、ようやくオコジョさんに気づいた。

「なんだ、これ」

「どうもどうも。当店のオーナー、オコジョです。以後お見知りおきを」

眠気はなくなったようで、ヨーロッパ伝統のお辞儀がさまになっていた。

対して男性は、無言で疑わしげな目を僕に向ける。

「うちのオーナーです。つまり、僕の雇い主です」

この返答で、男性の顔がいよいよ険しくなった。

「とりあえずは、お召し上がりくださいな。クランペットの表面に、ぽつぽつと気泡が開いているでしょう？　ここにバターやゴールデンシロップを流しこむと、味がしみしみでおいしいんです。ゴールデンシロップは、蜂蜜を使っていない蜂蜜みたいなものですね。イギリスではクランペットのお供です」

男性の視線が、オコジョさんからクランペットに動いた。

そしてまた、ゆっくりとオコジョさんに向く。

「俺は、夢を見ているのか？　それとも幻覚か？」

「オコジョはかわいいだけの現実ですよ。でもお客さまの目の前には、文章から空想していたクランペットがありますね？」

男性がまた、クランペットをじっと見つめる。

やがてナイフを手に取り、クランペットにバターを塗った。オコジョさんをちらっと見てから、気泡にとろとろとシロップを流しこんで食べる。

「……パンケーキとは食感が違う。もちもちして、坂の途中のパン屋で売ってる白いパンみたいだ」

その独特の食感は、一度食べるとくせになる。「よそでパンケーキを食べると、このクランペットが食べたくなるの」とは、常連の北野さんの弁だ。

「しかしなんだ。これは、めちゃくちゃに甘い」

パンケーキに使うメープルシロップは、サトウカエデの樹液。

クランペットのゴールデンシロップは、サトウキビが原料。

前者はスモーキーな香り豊かで、後者はかなり甘みに特化している。

「そこでアイスティーを、ぐびっと」

オコジョさんにそそのかされ、男性がストローに口をつけた。

「……うまい。なんだか贅沢な味になった」

「イギリス料理は、紅茶を楽しむ前提の味つけという人もいます。アールグレイから香るベルガモットもあわせると、リッチな気分になれますよ」

それを常連の南平さんは、「英国式テキーラ」と表現していた。

「これを話題に……いや、うん」

ぶつぶつとひとりごとを言いながら、男性はクランペットを食べている。

「すみません。こういう料理は、女性が喜ぶものですか」

男性の口調、そして話の角度が変わったので、僕は軽く警戒した。

「どなたか、お連れになりたい女性がいらっしゃるんです？」

オコジョさんが体を傾けた。

「そう……ですね。私はなんというか、モテたいんです。女性に」

「ほほう。ですがお客さまは、ご結婚されていますね」

男性の薬指には、くすんだ銀の指輪がはまっている。

「まあ、そうなんですが」

千辺さんの予測が当たっていた。僕はいよいよ男性に不信感を覚える。

でもそれは、オコジョさんのひとことですべて逆転した。

「なるほど。お客さまがおモテになりたい相手は、奥さまのようですね」

男性の表情を見ると、どうやら図星らしい。

「なぜ、僕が気を引きたい女性が妻だとわかったんですか」

「日本語の一人称は面白いですね。オコジョは『オコジョ』だけですけれど、相手との距離感によって自称が変わったりして」

僕と話していたとき男性の一人称は、たしか「俺」だった。クランペットを口にしてから「私」に変わり、いまは「僕」になっている。

「それはまあ、距離感というのは、敬語の概念にも似ていますよ」

「ええ。僕みたいな社会人なら普通のことですよ」

人は、家での一人称が『パパ』になりがちです。そして二人称、つまりは奥さまからも、『パパ』と呼ばれているとわかります。一人称が二人称を定義した結果、関係性は遠くなるんですよ」

男性はあっけにとられた顔だけれど、僕は共感できない。

男性が一人称を使い分ける。家では「パパ」を自称する。つられて妻も「パパ」と呼ぶ。ここまでは想像できるけれど、男性が「妻にモテたい」と思っていることには根拠がない。そもそも子どもがいるかも定かでない。

「すごい。まるでホームズですね」

「ええ、ええ。実際オコジョは、ベイカー街に住んでいたこともあります」

誇らしげに、胸をそらせるオコジョさん。

オコジョさんはときどきこんな風に、人の心を言い当てる。

それは経験や気配りから察しているのだと思ったけれど、僕の「レインジャイアント」というあだ名を知っているなど、説明がつかないことも多々あった。

オコジョさんはそれを、「アフタヌーンティーの秘密」と表現している。

けれど第三者として見ると、「秘密」があるのはオコジョさんのほうだった。推理で心の内を当てられた側は、根拠が曖昧《あいまい》なことに目がいかない。

「妻とは別に、ケンカをしているわけじゃないんです――」

オコジョさんの「秘密」は気になるけれど、いまはひとまず置いておこう。

僕はおかわりの紅茶を準備しつつ、男性の話に耳を傾けた。

中河原《なかがわら》さんは四十七歳。仕事は中堅ECサイトの統括責任者。

奥さんとは大学で出会い、かれこれ三十年近く一緒にいる。遅くにできた子どもはまだ小学二年生で、かわいくてしかたがないらしい。共働きで家事育児も互いに協力し、月に一度か二度ほど回転寿司を食べにいく。

それが平均的かどうかわからないけれど、僕が「ファミリー」と聞いて思い浮かべるイメージに近い家族だ。

しかしそれこそが、中河原さんにとって不安なことらしい。

「いまも昔も、夫婦仲が悪いわけじゃないんです。僕たちは恋人として十年、夫婦として十年をすごしました。ただパパとママになってからの十年足らずは、それまでと少し違うというか」

いまも夫婦仲は変わらないけれど、お互いが親の自覚を持っている。

だからふたりきりのときも互いを「パパ」、「ママ」と呼んでいて、まるでその場に子どもがいるように振る舞うそうだ。

「夫婦で寝室が別なのも関係してる……のかな。僕はちょっと腰が悪くて、丸くならないと眠れないんです」

ゆえに中河原さんは、自室でハンモックを使って眠っているらしい。

「そういうのもあって、将来に子供が独立できてからもずっと、僕たちはパパとママでいる気がするんです。けれどそれは不自然というか、妻は生活がつまらなく感じるのではないかと。そうするとほら、あるじゃないですか。子育てを終えたあとの熟年離婚とか……」

「悪いが、話は聞かせてもらった」

いきなりキッチンのドアが開き、千辺さんが顔を出した。

「お客さんは要するに、手を繋《つな》いで公園を散歩するじいさんばあさんになりたいわけだ。このグッドガイ。サービス用意します」

いきなり割りこんできたパティシエに面食らいつつも、中河原さんは肯定した。

「たしかに、そういう老夫婦に憧れはありますね。いちゃいちゃしたいわけじゃなくて、仲よくしたいというか。いまは会話もほとんど子どものことで、もっと昔みたいに他愛ない話をしたいというか」

第一印象とは百八十度違い、中河原さんは誠実な夫だった。

そりゃあ千辺さんも手のひらを返して、秘伝のバター茶を振る舞う。

「これは……個性的な味ですね」

中河原さんはひとくち飲んで、苦笑いした。

「いまのお客さんに、ぴったりな味ですぜ。男は個性。いやむしろ野性。最初はどうかと思っていても、いつの間にやらくせになる。女性にモテるのは、そういう男ですよ。バター茶を飲むようなね」

千辺さんは無精ひげにコックコートの袖まくりと、料理人としてはぎりぎりのワイルドな風貌をしている。実際にモテているところを見たことはないけれど、モテそうな雰囲気をかもしだしていなくもない。

「たしかにこれは、男らしい味だと思います。僕もひげ剃《そ》るのやめようかな」

説得力を感じたのか、中河原さんがまたバター茶をすする。

「あの、ちょっと待ってください」

僕はティーポットから、熱いアールグレイをカップに注いだ。

「そういうマッチョイズムというか、セクシズム的偏見というか、ステレオタイプのジェンダー観は、現代の感覚にあわないかもしれません」

「コウ、ここはジャパンだ。ジャパン語でスピークしろ」

「千辺さん、ちょっと引きずられてるじゃないですか」

海外を放浪していたのだから、英語は苦手じゃないはずなのに。

「とりあえず、中河原さん。僕が入れた紅茶を飲んでみてください。夏場にホットで申し訳ないですが、茶葉はさっきのアイスティーと同じものです」

すでにバター茶を飲んだからか、中河原さんはためらいなく口にした。

「……うん、うまいよ。熱いから、口をそっと近づける。そうすると、香りをじっくり嗅げるんだね。そこでいい匂いだなって、気持ちが上向く気がするよ」

「アールグレイのようなフレーバーティーは、好みがわかれます。紅茶は苦手だけれど、アールグレイは好きという人もいるくらいに」

そしてそういう人は、女性に多い。感覚的には、アールグレイが苦手という男性と同じくらいだと思う。これは男女差の話ではなく、「香り」に対する日常的な向きあいかたの違いではないか。そんな推測を中河原さんに話した。

「なるほど。たしかに自分の日常にない香りだけど、僕は感性みたいなものが刺激される気分だった。性別というより、性質の違いかもしれないね」

「そう。性質です。性別なんて関係ないんです。男がスイーツ好きだっていいじゃないですか。以前は『男らしくない』と揶揄《やゆ》されましたが、最近では『モテようとしてる』とか言われるんですよ。これが強面《こわもて》の男性だと、なにも言われないんです。みんな『強面の人、甘いもの好きがち』って流すんです。タヌキ顔の男だって、ケーキを食べたいだけなのに……」

あふれる思いが途切れたところで、ぽんと肩をたたかれた。

「コウ。俺も同意見だが、それはSNSでつぶやけ。お客さんが困惑してる」

千辺さんに言われて見ると、中河原さんは思い悩んでいた。

「スイーツを食べると女性にモテて、強面になる……？」

「いや、そうじゃないんです。過度に男らしく振る舞おうとすると、逆効果かもということです。やっぱり、清潔感とか大事だと思いますし」

男性も永久脱毛する時代なので、ひげはことさらお勧めできない。

「逆効果？　おい、コウ。バツイチじゃ説得力がないって言いたいのか」

「ぜんぜん言ってないですよ！　千辺さん急にどうしたんですか」

「おじさんは、けっこうモテるんだぞ！　こういうのがいいって人もいるんだ！」

知らぬ間に、千辺さんの地雷を踏んでいたらしい。

「まあまあ。ふたりとも、落ち着いてください」

カウンターの上で、オコジョさんが両手を左右に突きだした。

「おわかりかと思いますが、オコジョはモテます。それも男女を問わず。なぜならオコジョは、かわいいからですね」

それについては、特に異論はない。

「となると、結局はルッキズムでしょうか。僕はあまり、自信がないのですが」

中河原さんが、ポロシャツのおなかをさすって苦笑する。

「いえいえ。そう考えるのは早計です。オコジョをかわいい生き物たらしめているのは、実は『男らしさ』であり、『清潔感』なのです。なぜならオコジョはそのふたつを兼ね備えた、『英国紳士』だからです」

いいとこどりの意見に、僕たちは「おお」となった。

「英国紳士、すなわちレディファーストですね。オコジョがお客さまの来店時に庭に出て竹筒の中から出迎えるのも、その一環ですよ。紳士的な振る舞いこそが、女性のみならず男性からも愛される秘訣《ひけつ》なのです」

たしかにと、中河原さんがうなずく。

「最初はしゃべる動物なんてドッキリ番組かと怪《あや》しんでいましたが、オコジョさんの紳士的な振る舞いに態度をあらためました。心のどこかではやっぱり変だぞと思っていますが、あなたを受け入れるほうが正しいと判断したんです」

その感覚はよくわかる。オコジョさんは紳士的、言うならばこちらに敬意を払って接してくれるので、こちらも相応に返してしまうのだ。

「いやその理屈はおかしい。うちのオーナーが一番かわいいのは、完全無防備で寝そべっているときだ。常連さんたちはそう言っていたぞ」

「僕も千辺さんと同意見ですね。オコジョさんはやっぱり、かわいいから愛されるんだと思います」

ふたりで反論すると、オコジョさんはむくれた。

「じゃあもう、ずっと寝てることにします」

カウンターにぺたんと伏せたオコジョさんは、やっぱり愛らしい。

「まあおっさんばかりで話しても、正解が出るわけないいんだよな」

千辺さんの言う通りだ。だいたい妻との関係性が変わってきた不安に対し、「モテたい」から出発する中河原さんもおかしい。

「僕は二十四になったばかりなので、おじさんではないですけどね。ひとまず若者としては、普通に共通の趣味を見つけるとか――」

「いや、コウは若くないだろ。俺と同じで、いつまでもリャンと打ち解けない」

「待って千辺さん。リャンくんのよそよそしさって、それが原因なんですか」

自分がおじさん側に見られたことに、ショックを隠しきれない。だってリャンくんと僕は、せいぜい四歳程度しか違わないはずだ。

「落ちこむな、コウ。いまはお客さんの悩みに集中しろ」

千辺さんは真剣な表情だけれど、目が勝利の喜びで細くなっていた。

「……そうですね。とりあえず、女性の意見がほしいです。こういうときに、瑠璃さんがいればよかったんですが」

「あー、瑠璃ってのは、お客さんが見た青いスカーフの女ですよ」

僕が伏せた個人情報を、千辺さんがあっさり開示する。

「女性……？　いや、まあ、そうか。そうですね」

妙な反応の中河原さんを横目に、千辺さんが荒ぶる。

「というか、瑠璃の話なんか聞いたって意味ないぞ。あいつはルックス至上主義だからな。再婚相手は俺と違って、シュッとしたイケメンだもんな」

「千辺さん、個人情報！　リテラシー！　……って」

瑠璃さんが再婚であることを言ってしまうなんてと思った矢先、僕はとんでもないことに気づいてしまった。

「あの、まさか、千辺さんが結婚していた相手って……」

「言っとくが、未練なんてまったくないからな！」

千辺さんは以前、離婚相手との関係はいまのほうがいいと言っている。

瑠璃さんもだいぶ年上の千辺さんを「ちゃん」づけで呼んだり、距離が近いなとは思っていたけれど。

「……あっ、すみません中河原さん。ほったらかしにしてしまって」

僕は放心から立ち直り、お客さんに向き直った。

「いえ。こんなにも、楽しいおしゃべりが聞ける店はないですよ。込みいった話みたいですし、今日のところは帰ります」

中河原さんが席を立つと、寝ていたオコジョさんもむくりと起き上がった。

ネクタイをめくって竹筒に招き、一緒に会計へ向かう。

「申し訳ございません。奥さまと仲よくしたいという真摯《しんし》な悩みに、オコジョを始め従業員一同、熱が入ってしまいました。奥さまと一緒にご来店いただけたら、存分にサービスさせていただきますよ」

オコジョさんが竹筒から飛びだし、キャッシャーの上でお辞儀する。

「いえ、お気づかいなく。ですが妻と昔のような関係に戻るには、こういう店でデートするのはいいかもしれませんね。少しがんばってみます」

そう言って、中河原さんは笑いながら帰っていった。

けれど翌週に来店した際も、残念ながら夫人同伴ではなかった。

3

カウンター席に座る中河原さんは、明らかに顔色が悪い。

「アイスティーをご用意しました。ベルガモットに含まれる成分には、神経の昂ぶりを鎮《しず》める効果があるそうですよ」

僕はオコジョさんの指示で紅茶を入れ、中河原さんが落ち着くのを待った。

そこへキッチンの奥から、心配そうに千辺さんもやってくる。

「先日はすいませんでしたね。奥さんと、なにかあったんですか」

「いえ、妻とはなにもありません。僕と息子にも、現時点で被害はありません」

中河原さんがアイスティーを飲み、大きく息を吐いた。

「自分では、答えが出せない問題なんです。もしよろしければ、お三方の意見をうかがえませんか。以前のように、三者三様の」

「オコジョでよければ、なんでも相談に乗りますよ」

オーナーの返答に、僕も千辺さんもうなずいた。

「ありがとうございます。少々状況が複雑なので、順番に話させてください。もちろんお仕事を優先なさっていただいて」

すまなそうにしつつ、中河原さんは話し始めた。

中河原さんは今週の頭から、海外へ出張していたらしい。仕事は滞りなく終了して帰国したものの、家にはまだ帰っていないという。

「空港から妻に連絡したら、息子が流行病にかかったようで。僕は大事を取って駅前のホテルに宿を取ったんです」

幸いなことに、息子さんは軽症だったらしい。

しかし今後はリモートでの授業参加になるため、その準備が必要だった。学校から支給されている、ノートパソコンの設定をしなければならない。

中河原さんは自宅に戻って家には入らず、郵便受けから息子さんのパソコンを受け取った。ホテルへ引き返し、学校の授業配信サーバーにアクセスする。

どうやらうまくいったようなので、テストとして息子の教室に繋いでみた。

「それが昨日、金曜日のことです」

僕は知らなかったけれど、教室に設置されたカメラはずっとオンになっているものらしい。流行病に限らず、諸々《もろもろ》の事情で自宅からリモート参加する児童はそれなりにいるそうだ。

「生徒がカメラを動かしたのか、黒板が見えない角度でした。黒板消しのクリーナー越しに見えたのは、中休みではしゃぐ生徒たちです。学校に連絡してカメラの角度を調整してもらおう。そんなことを考えていたときでした」

ひとりの女子児童が、男子児童が読んでいた本を奪って放り投げた。

マイクもオンになっていたので、子どもたちのけたたましい笑いがよく響く。

「いじめを目撃した、ということですか」

僕が問うと、中河原さんは質問で返す。

「みなさんは、どう思いますか」

「お客さんの息子さん、二年生でしたっけね。いじめかどうかわからないが、そのくらいの年頃だと女の子のほうが力も強いのはたしかだな」

僕は千辺さんの意見にうなずき、質問を重ねる。

「常態化しているかはともかく、本を投げた事実はありますよね。中河原さん、それから男の子の様子はどうでしたか」

「すみません。驚いたというか、見てはいけないものを見た気がして……すぐにログアウトしてしまったんです」

その気持ちは理解できる。目の当たりにした子どもの残酷さは、きっとホラー映画よりもグロテスクに感じただろう。

「この件について、奥さまとは話されましたか」

オコジョさんが尋ねる。いつもよりも、ひげがぴんと張っていた。

「はい。いじめと考えるのはおおげさか。ふざけているだけかも。学校に報告しても一蹴されるんじゃないか。むしろモンスターペアレント扱いされるかも。そんな話をしました。妻から息子にそれとなく聞いてもらったんですが、いじめの有無はわかりません。うちの子は、ぽやぽやしているので」

「なるほど。ですが中河原さんがオコジョたちに相談したいのは、目撃したものがいじめか否かの判断ではないですよね」

その問いかけに、中河原さんはびくりと肩を震わせる。

「中河原さんは、こう考えたのではないですか。取り越し苦労でも、教師に報告すべきだ。けれど本当にいじめだった場合、密告者捜しが始まる。リモート授業のカメラに気づく子も出てくる。そうなると、今度は『密告者』がいじめのターゲットになるかもしれない。もちろんお子さんは守りたい。けれどいじめられているかもしれない男の子はもちろん、その親御さんの気持ちも痛いほどわかる。苦しいですよね、おつらいですよね」

オコジョさんのひげが、悲しそうに下がっていた。

「なるほど、そういうわけか」

千辺さんはそれだけ言って、キッチンへ戻っていく。

中河原さんの胸中を思うと、第三者の僕でさえ心が軋《きし》む感覚を覚えた。

自分の子どもが次の被害者になるかもしれないと考えたら、見て見ぬふりをしたってかおかしくない。むしろそれが親としての本能だと思う。

「お客さん、ちゃんと食ってますかい」

千辺さんが片手にお皿を持って、キッチンから戻ってきた。

「これは『フラップジャック』って、まあイギリス版の雷おこしですかね。俺やオーナーは、よく朝飯に食ってるんです。どうぞ」

その見た目を僕の知識で形容すると、いわゆる「シリアルバー」だ。

「そういえば……食べていませんね。少しいただきます」

中河原さんが両手でフラップジャックを割って、かけらを口へ運ぶ。

「本当だ。朝食っぽい味がしますね。歯ごたえがあってうまい」

「ですです。フラップジャックはオートミールにドライフルーツ、それにゴールデンシロップを加えて焼いたものなんですよ。ぎゅっと詰まっていますから、オコジョはほんのひとかけらでも空腹が満たされます」

オコジョさんが両手で表したひとかけらは、大豆ひと粒くらいだった。

「中河原さん。なにか飲まれますか」

アイスティーのグラスが空いていたので、湯を沸かしながら尋ねる。

「じゃあ、なにか温かいものがいいかな。コウさんのおすすめを」

僕はキームンを入れることにした。アールグレイのブレンドにも使われている茶葉だし、甘いお菓子にもよくあう。

ガラスポットに茶葉を入れてお湯を注ぐ。熱対流を起こして茶葉を踊らせ、茶葉のうまみ、そして香りを引き出す。

「花の香りもいいけれど、紅茶そのものもいい匂いですね。若い男性が力強く紅茶を入れる姿は、同性でも惹《ひ》かれるものがあります」

中河原さんは、カウンターで紅茶を飲むメリットに気づいてくれた。もちろん香りのほうだ。

「オコジョがネタばらししますと、高い位置からお湯を注ぐのは演出ですよ。茶葉の質がよく、お湯が沸騰したてなら、茶葉はどうやってもジャンプしますから」

それを知っても僕が続けているのは、瑠璃さんに厳命されたからだ。「コウくんの身長だと映える」と。「やめたら庭のひまわりと選手交代」と。

「味も香りも、なんだかほっとしますね」

中河原さんは目を細めて、ゆっくり深く息を吐いた。

「いじめの話は、聞くのも読むのもしんどいよな」

落ち着いたところで、千辺さんが話を再開する。

「できれば避けたいと思って当然だ。だが自分に関係があろうとなかろうと、知って心を痛めなきゃいけないと思うんだ。大人は」

千辺さんの表情は真剣で、いつものふざけた様子はない。

「誰かが困っているときに、見て見ぬふりをした経験は誰にだってある。ないってやつは、関わることを避けたから忘れているだけさ」

「そう……ですね。少なからず、あったと思います」

中河原さんがうつむいて、唇をきゅっと噛んだ。

「お客さん、自分を責めないでくださいよ。そのとき見て見ぬふりをしたのは、勇気がなかったわけじゃない。余裕がなかったんですよ」

「余裕……ですか」

「考えてみてくださいよ。子どもってのは、世界の端っこに立ったばかりだ。でも俺たち大人は、もう真ん中くらいには立ってる。知恵と余裕があるってことってす。だから子どもに差し伸べてやれるんですよ、手を！」

千辺さんは興奮気味に、熱っぽく持論を語った。

「……そうなんですよね。大人なら、そうすべきだと思います」

自分の子どもに害がなければ、中河原さんもすぐに報告したかもしれない。

その葛藤の本質は、同じ立場にならないとわからないだろう。

「僕も、学校に報告すべきだと思います」

三者三様の意見を求められたけれど、僕も結論は千辺さんと同じだ。

「女の子が男の子の本を投げたことは、ふざけただけかもしれません。ですが法律の定義では、相手がいやだと感じたらいじめです。『だれかがいじめられているのを見たら、学校の先生にすぐにそうだんしよう』と、教育庁も指導しています。この時代に『おおげさ』ですませる学校があったら、そっちのほうが問題です」

教育長の文言などは、子どもの頃に学校で配布されたプリントで知った。僕の学校では月に一、二回、この手のプリントを持ち帰らされている。それによると子どもの数が減っているのに、いじめの認知件数は増えたらしい。いじめが増えたわけではなく、「おおげさ」扱いが減ったということだ。

「そうなんですよね。あの子たちはまだ二年生だから、正しい方向に導いてあげられるんですよね……」

それはあくまで理想だ。自分が変わることは決意次第だけれど、人を変えることは難しい。だから中河原さんは、答えを知っていても決断ができない。

「オコジョはびっくりです。ふたりとも、ちゃんと考えていて偉いですねえ」

緊張をなごませたいのか、オコジョさんが少しおどけた。

「オコジョさんは、違う意見なんですか」

僕の問いに、オコジョさんは「いえいえ」と首を振る。

「結論は同じです。ただ過程が違います。千辺くんは熱い想いがあるし、コウさんは論理的です。ただどちらも、子どものことしか考えてないなあと」

当然だと思うけれど、黙してオコジョさんの続きを待った。

「オコジョはこう思います。中河原さんが学校に報告せず、その事実を十年後に息子さんが知る。息子さんは自分が親に守られたと、喜びを噛みしめるでしょうか」

「俺の感覚だと、ちょっと難しいな。親の見て見ぬふりを肯定できるのは、自分が親になってからじゃないか」

僕も千辺さんと同じ見解だ。息子さんは中河原さんの愛情を感じる一方で、沈黙を選んだ親に不信感も持つ気がする。

「英国紳士、あるいは騎士道精神。それらは言い換えれば、非効率だとわかっていても、『そのほうがかっこいい』を貫くことです。後ろめたい平和を選ぶのも保護者らしいですが、誇りを持って子どもに失敗を詫びる父親も素敵ですよ」

この問題は要するに、愛と正義のどちらを選ぶかという話だ。

結果的に三者とも正義を選んだけれど、僕と千辺さんには「個人」の視点が欠けている。選ぶのは僕でも千辺さんでもなく、中河原さんだ。

一方でオコジョさんの意見は、やや無責任にも聞こえる。けれど選択を迫られている中河原さん個人に、一番寄り添った提案だ。

「お三方とも同じ結論なら、僕がすべきことも決まっていますね。さっきコウさんが紅茶を入れているところも、かっこよかったですし」

背中を押せたならうれしいけれど、正直「そこ？」と思ってしまう。

でも「そこ」のツボを押せたのは、どうやらオコジョさんだけだ。

「いやしかし、親ってのはすげぇもんだよな。子どものことなら、どこまでも真剣に考える。俺はお客さんを尊敬するよ」

「以前は僕も、千辺さんのように思っていました。でもなってみると簡単です。自分以上の存在ができるだけですから、考えることはシンプルです」

シンプルだけれど、簡単じゃない。あらゆる可能性を考える必要があるから、ある意味での他人事《ひとごと》にここまで悩んだのだと思う。

「親はなにがあっても、自分の子を見守り続けるということですね。オコジョはコウさんのお父さまも、そう言いたかったんだと思いますよ」

オコジョさんが、へけっと目を細めた。

『結果で判断されるのは、プロの世界だけだぞ』

僕がサッカーをやめることを伝えると、父はそう言った。

僕はその言葉を、「プロとなる弟と違って、おまえは自由に生きろ」という意味だと受け取っている。

その優しさが、僕には父の期待を裏切ってしまったように感じられた。

だから僕は、何者かになろうと焦っていた。

けれどもし、父もオコジョさんが言ったように考えていたとしたら。

プロでなくなったという意味ではなく、「結果」以外の過程もきちんと見守ってきたという、応援のメッセージだったなら——。

「ごちそうさまでした。この問題に目途がついたら、次こそ妻と一緒にきます」

来店したときよりも元気な顔で、中河原さんが立ち上がった。

「でしたらアフタヌーンティーがお勧めですよ。もうすぐ女性に大人気の、『メロンづくしフェア』も始まりますし」

オコジョさんの提案に「ぜひ」と返すと、中河原さんは帰っていった。

その背中に心の中で応援の言葉をかけ、僕も晴れ晴れとした気持ちで働く。

しかし紅茶を蒸らしている待ち時間に、ふっと気づいてしまった。

「父さんの言葉、オコジョさんに話したことあったっけ……？」

4

一週間後の土曜日の午後、中河原さんは夫人と一緒にやってきた。

「いらっしゃいませ。オコジョのティールームへようこそ」

僕のネクタイをよっとめくり、オコジョさんも竹筒から顔を出す。

「本当にオコジョみたいね。かわいい」

夫人は中河原さんよりも背が高く、目鼻立ちの整った女性だった。ややぽっちゃりの中河原さんが、熟年離婚を危惧《きぐ》した気持ちがなんとなくわかる。

「オコジョの首から下、フェレットかもしれませんよ。気になりますね？」

「ふふ。未来に生きてるって感じ」

中河原さんから聞いているのか、夫人はオコジョさんに驚いた様子はない。どうもVRとかARとか、その辺の技術と認識しているようだ。

「それでは、お席へご案内しますね」

オコジョさんが言い、僕が先に立って歩く。すぐ後ろに夫人、そして中河原さんが続いた。奥の部屋の長椅子でも、中河原さんは上座を夫人に譲る。

「中河原さんは、レディファーストを学ばれてきましたねえ」

首元の竹筒で、オコジョさんがうれしそうにささやく。

僕はこっそり微笑んで、夫妻にドリンクメニューを渡した。

「僕は例の、うまいアイスティーでお願いします」

「気になる言いかたね。じゃあ私も同じものを」

中河原さんから聞いていた通り、ふたりの雰囲気は悪くなさそうだ。

かしこまりましたとカウンターに戻り、アイスティーを作る。

「奥さん、めちゃめちゃ美人だな」

キッチンから千辺さんが出てきて、うきうきと奥の様子をうかがった。

「でも今日は、中河原さんだっておしゃれ……なのかな」

クレリックカラーのシャツは清潔感があるものの、なぜか袖口をまくっている。よくも悪くも、少しずつ影響を受けやすい人のようだ。

すべての支度ができたので、カートでティースタンドとオーナーを運ぶ。

「どうもどうも。本日はようこそおいでくださいました。オコジョがメニューの説明をさせていただきますね」

オコジョさんがカートの上で、足を引いて紳士的に挨拶する。

「本日のアフタヌーンティーは旬の果物、メロンがテーマです。まずはアミューズですね。こちらオマール海老《えび》のメロンエスプーマ。エスプーマはガスを添加《てんか》し、食材を泡にする技術です。おしゃれですね。こちらのガラスの器は、メロンのガスパチョです。飲むと落ち着きますよ。『冷静』スープなので……ナンチャッテ」

オコジョさんが片手で頭を押さえると、夫人がくすくす笑う。

「おいしそうね。フレンチのレストランにきたみたい」

「光栄です。スタンド下段のセイボリーは、生ハムとメロンのサンドイッチです。隣がマスカルポーネチーズとメロンのジュレですね。中段左はクランペット。英国風のパンケーキです。右のスコーンはメロン風味のものをご用意しました。クロテッドクリームとジャムのほかに、蜂蜜もあうと思います」

「素敵すぎて顔がにやけちゃう」

夫人が頬を両手で押さえ、上がった口角を押さえる。

「最上段のプティフール、小さなケーキは、左からメロンとマンゴーのタルト。次がメロンのマカロンです。最後のグラスはメロンのシラバブですね。シラバブはふんわりした生クリームのデザートで、イギリスでは夏の定番です」

「これは……すごいね。食べるのがもったいなく思えるよ」

中河原さんが、うっとりと息を漏らした。

アフタヌーンティーはいろいろなケーキが食べられるのが魅力で、こんな風にテーマで統一されると損をした気分——という人は案外少ない。

テーマメニューは見栄えを含めて完成度が高く、きらきらとしたティースタンドを見れば中年男性も夢見心地だ。いわんや乙女をや。

「ケーキはおいしそうだし、オコジョさんはかわいいし。近所にこんな素敵なお店があるなんて、ぜんぜん知らなかった。あなたはどうやって見つけたの」

夫人に質問され、中河原さんは言葉に詰まった。

中河原さんが最初に店にきたのは、瑠璃さんを探してだったと思う。ごまかしてあげるべきかと迷っていると、本人が語り始めた。

「実は……少し前の夜、この近くで変わったキツネを見たんだ」

「キツネって、コンコンのこれ？」

中河原夫人が、指でキツネの形を作る。

「うん。その日は帰りが遅かったんで、きみは寝ていたと思う。僕も自室で寝たんだけれど、夜中に目を覚ましたんだ。トイレにいこうと起きだして、廊下でばったりきみと会った。ふたりとも、『うわっ』て驚いた」

中河原さんは腰痛のため、夫婦の寝室は別だと聞いている。

「あったあった、そんなこと。真夜中だったものね」

「うん。あのとき僕は、きみにキツネのことを言おうとしてやめたんだ」

「どうして」

アイスティーを飲んでいた夫人が、不可解そうに眉をひそめる。

「だってなんとなく、うそっぽいじゃないか。こんな住宅地に、キツネなんているわけがないし。そういう愚にもつかないうそって、好きな女の子の気を引きたい小学生みたいだろう？　それで恥ずかしくなってやめたんだ」

中河原夫人は声を出して笑った。

「なにそれ。だってあなた、本当にキツネを見たんでしょう？」

「そのつもりだけど、夜だったしね。それで次の日。念のためにたしかめようと思って、この店にたどりついたんだ」

「あ、わかった。あなたが見たキツネの正体は、このかわいらしいオコジョさんだったわけね。そう言えば、『変わったキツネ』って言ってたわ」

どうやらうまいこと、ごまかせたみたいだった。きっとオコジョさんを見て思いついたのだろうけど、シュールでかわいい作り話だと思う。

「いや、そうじゃなくて……」

中河原さんがなにか言いかけたけれど、夫人の声にかき消された。

「これおいしい！　あなたも、ほら。あ、待って。写真」

自分の海老を食べてしまった夫人が、夫のものを撮影している。

「ガスパチョ？　ガスパッチョ？　これもうまいよ。パティシエの千辺さんはだいぶ個性的な人だけど、料理はどれもうまいんだ」

「珍しい。あなたがお店の人と仲よくなるなんて。歳を取ってからはいつも、私しか友だちがいないって嘆いてたのに」

それもまた、熟年離婚を警戒する理由のひとつかもしれない。

「うん。実はいろいろと相談に乗ってもらってたんだ。だからいま、食べながらあの件を報告してもいいかな」

僕たちも気になっていた、いじめ告発のことだと思う。

「いえいえ。オコジョはものすごく知りたいですけど、どうぞお気づかいなく。いまはゆっくりと、お茶の時間をお楽しみください。いまは」

オコジョさんがあからさまにうずうずした顔で、建て前のように遠慮する。

「あなた、話してあげて。私も鼻が高いし」

夫人のその反応で、結果は悪くないのだとわかった。

「じゃあ、話します。結論から言うと、問題ありませんでした。女の子が男の子の本を投げたことは事実で、本人がやりすぎたことを反省しているそうです」

あの日から溜《た》めていたように、僕たちは大きく息を吐いた。

「男の子は転校生で、クラスになじめていなかったとか。女の子はそれをなんとかしようとして、あまりうまくない方法を取ってしまったみたいでした」

さっき中河原さん自身も言っていた、「うそをついて相手の気を引く」のと似たような行動だと思う。子どもの頃にはありがちだ。

「ただコウさんも言っていたように、受け取る側が心身に被害を感じていればそれはいじめです。学校に報告すると感謝されました。大人がアンテナを張り、教室の空気を把握し、いじめの芽が生える前に摘むことが重要だそうです」

「意識が高い学校だと、親御さんも安心ですね」

僕の返しは当たり障《さわ》りないけれど、内心ではものすごくうれしい。

「はい。直接の関係者ではない僕にまで、再発防止策を報告してくれました。今回は本当に悪意がなかったケースで、いまでは中休みの時間に、女の子と男の子は一緒に図書室で本を選んでいるそうですよ」

本当によかったと思う。ある意味では取り越し苦労だったわけだけれど、中河原さんの行動は未来の誰かを救っているかもしれない。

「主人は、すごく悩んでいたんです」

思いだしたのか、中河原夫人の瞳は少し潤んでいた。

「いじめだとしたら、その子の親の気持ちを思うといたたまれない。報告して学校にモンスターペアレント扱いされたら、子どもにも影響があるかもしれない。告げ口した腹いせに、息子がターゲットになるかもしれないって」

私も答えが出せませんでしたと、夫人は続ける。

「でも先週の土曜日、主人がこう言ったんです。『子どもに恥ずかしくない行動をしよう』って。『後ろめたい気持ちでは子どもを守ったとは言えない』って」

オコジョさんの受け売りだからか、中河原さんは恥ずかしそうな、黙っていてください というような、複雑な顔をしている。

「子どもって、できなかったことが急にできるようになったりして、成長が目に見えるんですよ。若い頃の主人だったら、もちろん私もですが、この件は知らん顔をしていたと思います。親としての夫の成長も目の当たりにできて、私には忘れられないできごとになりました」

「つまり中河原さんは、男らしく、高潔で、紳士でした？　惚《ほ》れ直しました？」

オコジョさんが尋ねると、夫人は「ええ」と微笑んだ。

中河原さんの行動はささやかで、世界はなにも変わってないように思える。そんな見えない変化をわかってくれる人がいることは、幸せなことだと感じた。

「このスコーン、すごくおいしいですね。銀座《ぎんざ》のパン屋で買う高いメロンパンみたいな味がします」

照れ隠しのつもりか、中河原さんが正直すぎる感想を言う。

「その食べ物の味をなんでもパンにたとえるくせ、変わらないね」

笑う夫人の目には、夫への愛情がにじんでいた。さっきはオコジョさんが言わせた感があったけれど、この雰囲気は本物だと思う。

なにしろ今日の夫妻は、互いを一度も「パパ」、「ママ」と呼んでいない。

「オコジョもうらやむ素敵なご夫婦です。末永く幸せにおすごしくださいね。ところで、新しい紅茶をお持ちしましょうか」

オコジョさんの問いかけに、中河原夫人は難問で返してくる。

「シラバブって初めて食べましたけど、ふわふわして、甘くって、ちょっと罪の味がしますね。許しを得られる紅茶ってありますか」

シラバブは生クリームにレモンとワインを加え、砂糖で味をつけたスイーツだ。カロリーをどうにかしてと言うのなら、黒烏龍茶も用意できる。

とはいえそれが、「許し」になるのだろうか。

「でしたらオコジョは、ローズアールグレイをおすすめします。アイスティーと同じアールグレイの茶葉に、バラの花びらを加えたフレーバーティーです。優雅なバラの香りに包まれたご婦人に、罪などあろうはずもありません」

これが世に言う、歯の浮くようなセリフだと思う。

ただ中河原さんにも話したように、ベルガモットは精神を落ち着かせるし、胃腸を保護する効能もある。英国紳士は伊達《だて》じゃない。

「やだもう。思わず『おほほ』って笑っちゃった。それでお願いします」

「じゃあ僕はバター茶」

中河原さんは英国紳士に対抗するべく、ワイルド方向へ舵《かじ》を切った。

僕は笑いを噛み殺し、オコジョさんをカートに乗せてカウンターへ戻る。

「さてと。俺も中河原さんの奥さんに挨拶するかな。コウ、ちょっと聞いてくれ。俺の名刺、パティシエとシェフのどっちがいいと思う？」

キッチンから出てきた千辺さんが、うきうきと尋ねてきた。

「どっちでもいいですけど、そろそろ水入らずで話したそうでしたよ」

「人間ってやつは、歳を取ると少しずつ変わっていくもんだ。妙な話を信じるようになったり、他人への振る舞いが横暴になったりな」

「唐突に自己紹介ですか」

「ちげーよ。夫婦ってのは、毎年新しく幻滅するって話だ。中河原さんは自分が捨てられると思う以前に、奥さんのいやなところも新しく見つけてるはずだ。そこで相手を変えようとせず、我が身を直そうって選択はなかなかできない。その純粋さに敬意を表して、野暮はよすことにしよう」

「いままさに、僕は新しく幻滅しましたよ」

長いわりに実のないオチだし、名刺はすぐに出せるよう、ケースに戻さずポケットにしまっていたから。

やがて中河原夫妻は食事を終え、夫人が先に店を出た。

僕が中河原さんの会計をしていると、千辺さんが素早くオーナー入りの竹筒を奪って外へ夫人を見送りにいく。

「コウさん、本当にありがとう。きみの紅茶はとてもおいしかったし、意見には背中を押してもらえたよ」

千辺さんの行為に気づいているのかいないのか、キャッシャーの前で中河原さんが丁寧に頭を下げた。

「こちらこそ、中河原さんにはお礼を言いたいです」

先日実家に電話して聞いてみたところ、父が言った『結果で判断されるのは、プロの世界だけだぞ』の真意は、オコジョさんが言った通りだった。

「『結果』以外も、父さんはぜんぶ見てきた。その上で、コウは父さんの誇りと言いたかったんだ。コウは本当に、サッカーでベストを尽くしたよ」

中河原さんの子どもへの愛情を知り、僕は父の真意も知ることができた。

以前「言葉の受け取りかたは、時間を置くと変わる」という話を千辺さんと話したけれど、早くもそれを体験している。

おかげで仕事に対する肩の力も抜け、得体の知れない焦燥感もなくなった。

同時にオコジョさんに対しても、少し理解が増したように思う。

たぶんオコジョさんは、僕たちの心を読むことができる。

といっても、こちらの思考が筒抜けという感じではなく、人のわだかまりのようなものを察するイメージだ。それをアフタヌーンティーの「秘密」と称したのは、お客さんが真情を吐露する場面としてお茶会が多かったからだろう。

だからオコジョさんに対して、不気味だと思ったりはしない。

むしろ秘密の輪郭が見えてきて、もっとオコジョさんを知りたくなった。

「このお店に出会えて、本当によかったよ。あのキツネに感謝しないと」

中河原さんが笑って言う。

「その話、即興で作ったにしてはよくできてますよね」

オコジョを見たと最初に言わず、「変なキツネ」と表現したことで、すとんときれいに落ちていると思う。

「いや、作り話じゃないよ。覚えてないかな。僕はこの店に初めてきたとき、青いスカーフの話をしたと思うんだけど」

「ええ。瑠璃さんのことですよね」

続く中河原さんの言葉の意味を、僕はしばらく理解できなかった。

「それが名前みたいだね。首に青いスカーフを巻いた、あのキツネの」

四杯目

不思議の国のアリサと 女王陛下のサンドイッチケーキ

1

公園を横切ると、楓の葉が赤く色づいていることに気づく。

まだ青かった葉を見上げていた頃から、かれこれ五ヶ月。向いていると勧められた接客業のバイトを始めて、それだけの時間がたった。

楓は公園のスターに成長したけれど、僕はまだ何者にもなっていない。

とはいえ以前に比べて、焦るような気持ちはなくなった。

いまは余裕も出て、通勤前に公営のジムに通ったりしている。現役時代の練習レベルではないけれど、やっぱり体を動かしていると心も安らかだ。

そんな話を千辺さんにすると、なぜかへそを曲げられた。

「あー、はいはい。若い人は体力があってすごいですね。ダブルワークなんて、我々おじさんにはとても無理ですよ。あー、すごいすごい」

元アスリートにとって、体を動かすことはワークというよりケアだ。

ただし体力があるのは、たしかに若いからだろう。

たとえば僕より若いリャンくんは、昼間は造園業の社員として働いていた。

それでいて朝や夕方の空いた時間にアーミンズへやってきて、黙々と庭の手入れをしている。好きだからできるというのはもちろんだけれど、若さがなければ肉体的にもたないだろう。

そして自分を「おじさん」と自虐しながらも、店で一番労働時間が長いのは千辺さんだったりする。客数が多くないとはいえ、仕込みから清掃からキッチンのすべてをひとりでやっている。シングルワークでもかなりの体力だ。

リャンくんも千辺さんも、続けられるのは仕事が好きだからだろう。

いまの僕はバイトだから楽しく働けているけれど、紅茶が仕事になったらどうなるかわからない。その未来をうまく想像できない。

などとぼんやり考えて出勤していると、庭に作業服姿のリャンくんがいた。

「おはよう、リャンくん」

「……っす」

頭に巻いたタオルからはみ出た金髪。両耳で揺れる点棒のピアス。

外見はヤンキー風だけれど、リャンくんはだいぶ内気な青年だ。かれこれ五ヶ月も挨拶を交わしているのに、目があうことはめったにない。

「リャンくんは、本当に花が好きなんだね」

いままでは敬語だったけれど、最近は友だち口調で話すようにしている。以前千辺さんに、「リャンからすればおまえもおじさん」と言われたので、違うと証明したい気持ちもあった。

「……す」

いまのところ、あまり効果はない。

「常連のお客さんが、いつも庭がきれいだってほめてるよ。今日もバラがみずみずしいとか、毎日見ても飽きない工夫がされてるとか」

チトセさんは雨が降らない限り、庭を眺めながら紅茶を飲む。元相方のタマさんと一緒のときも、自分のことのように庭を自慢していた。

もちろんチトセさんだけでなく、店内から庭を眺めて楽しむお客さんは多い。「窓から見える景色もティータイムの一部」と、オコジョさんもほめている。

「……しっす」

言葉は聞き取れないけれど、うれしそうな雰囲気は伝わってきた。

「リャンくんって、二十歳くらいだよね？　前にも言ったけど、僕をそんなに年上として扱わなくていいよ。この店ではリャンくんのほうが先輩だったわけだし、僕もまだ二十四だしね」

リャンくんはまだ、十代かもしれない。でも若いうちは子どもっぽく見られること
をきらうだろうと、少し上に見積もってみた。
「……す」
端整な横顔からは、その感情が読み取れない。
「じゃあ僕は出勤するね。いつも庭をきれいにしてくれてありがとう」
そろそろ撤退の頃あいかと、店の中へ入る。
僕とはこんな具合だけれども、リャンくんは瑠璃さんとは仲がいい。
見た目で判断すると、瑠璃さんは僕より少し上の二十八、九歳。一般的に女性のほ
うが物腰やわらかで話しやすいと思うけれど、瑠璃さんはどちらかと言えば人を寄せ
つけないクールなタイプだ。言葉のナイフも鋭くて、主に千辺さんがちくちくと被害
にあっている。
けれどリャンくんが話すのは、そんな切り裂きタイプの瑠璃さんだけ。
瑠璃さんとはつきあいが長いというだけなら、それでかまわない。
でも僕の身長が原因で避けられていた場合は、ちょっと悲しい。そうならないよう
に笑顔を心がけているけれど、人はどうしても大きいものを怖がる。
「いや逆に、『いつもへらへらしやがって』的な可能性も……」

もやもやしながら着替えをすませ、キッチンのドアをノックする。

「おはようございます、千辺さん」

「おう、コウ」

声だけで返事があった。

「千辺さん忙しいですか。ちょっと瑠璃さんとリャンくんの、つきあいの長さについて聞きたいんですけど」

「なんだよ藪《やぶ》から棒に。嫉妬か。どっち狙いだ」

ドアを開けた千辺さんが、細い目をさらに細めている。今日も飲食店の従業員として、ギリギリリレベルのひげとコックコート袖まくりだ。

「そういうこと言うから、千辺さんおじさんって言われちゃうんですよ」

「あのな、コウ。世の中にはおじさんが必要なんだよ。飲み会が忌避《きひ》されて、仕事もリモートになって、社員旅行もなくなった。若者たちのコミュニケーションは断絶されてるだろ」

「僕はもともと飲めないし、リモートが無縁の仕事だったたし、社員旅行は連れていってもらえなかったので、まるでわかりません」

「ごめんて。根に持つなよ」

「根には持ってませんが、心が冷たくはなりました」

旅行動画のオコジョさんが、とても楽しそうにはしゃいでいたから。

「でもな、まさにそれなんだ。若者は孤独のさびしさをＳＮＳに吐く。共感がもらえなければますます孤立する。だが思いだしてみろ。かつておじさんたちが元気だった頃は、若者の会話に首を突っこみ、プライベートに土足で踏みこみ、そりゃあウザがられたかもしれないが、コミュニケーションは円滑だったろ？　世の中には、おじさんが必要ってこった」

「人類共通の敵として？」

「瑠璃でもそこまで言わねーよ……」

千辺さんが涙目になったので、「冗談です」とフォローする。

実際に僕自身は、おじさんたちにお世話になったことが多い。

前職の先輩だった下高井戸さんは三十歳だけれど、おじさんのパワハラ的に僕をあちこち連れ回し、スイーツ沼に引きずりこんでくれた。

気さくに軽口をたたきあえる千辺さんにも、もちろん感謝している。

なによりオーナーのオコジョさん……を、おじさんと言っていいのかわからないけれど、おじさん的な面倒見のよさで、僕に居場所を与えてくれた。

「僕がリャンくんと仲よくしたいのも、おじさん化の片鱗なのかな……」

サッカー部時代は後輩から求められれば助言はするけど、こちらから関わったりはしなかった。心境が変化してきたのは、環境のせいか、加齢のせいか。

どちらにせよ、昔よりも自分が受け身でなくなった気はする。

「コウ、同属のよしみで教えてやろう。別に瑠璃だけが、リャンとつきあいが長いわけじゃない。俺もオーナーも、リャンと働いた期間は同じだ。そんな俺たちとリャンとの仲は……まあコウよりましって程度だな」

「同属じゃないですが、ありがとうございます」

ではリャンくんは、なぜ瑠璃さんとだけ仲がいいのだろう。波長があうだけかもしれないけれど、僕にはひとつ気になることがある。

『それが名前みたいだね。首に青いスカーフを巻いた、あのキツネの』

ご夫婦で常連になった中河原さんは、店の前で首に青いスカーフを巻いたキツネを見たと言う。青いスカーフは瑠璃さんのトレードマークだ。

望口にもタヌキはギリギリいそうだけれど、さすがにキツネはいない。

じゃあ中河原さんが目撃したのは、いったいなんなのか。

ためしに「犬のジョンだった」という、仮説を立ててみよう。

夜中に脱走してきたジョンを、たまたま店の前を通りかかった瑠璃さんが捕まえようとした。青いスカーフで気を引こうとして、犬嫌いだから逆に奪われた。

そういうことも、なくはないかもしれない。

ただジョンの見た目はビーグル犬に近く、体の色も白の面積が大きい。

夜中とはいえ、はたしてキツネに見間違えるだろうか。


青いスカーフを首に巻いたキツネ……夜の庭……庭師のリャンくん……リャンくんと仲のいい、首に青いスカーフを巻いた瑠璃さん……。


連想ゲームのようなもので、そこにつながりがあるかはわからない。

ただアーミンズは、秘密の多いティールームだ。

「……おはようございます、コウさん。もうすっかり秋……ですね……」

秘密の最たる存在が、目を閉じたまま階段をずりずり降りてきた。

「おはようございます、オコジョさん。お茶入れますか」

「……お願いします。いまはウバで、しゃっきりしたいかもひれまへん……」

口が回らないオーナーのために、僕は紅茶の支度を始める。

ウバはセイロンティーの中で、もっとも有名な茶葉だ。

セイロンティーはスリランカ産の茶葉の総称で、スリランカがもともと「セイロン島」と呼ばれていたことに由来する。

セイロン島はイギリスの植民地だった。こういう歴史はオコジョさんが詳しいけれど、聞いて尋ねるのはお勧めしない。

世界史イコール紅茶の歴史で、「東インド会社」や「ボストン茶会事件」といった単語をオコジョさんの前で口にすると、一昼夜は話が止まらなくなる。

話を戻して、ウバはインドのダージリン、中国のキームンとあわせて、「世界三大銘茶」と称されていたこともある紅茶だ。

流通する茶葉は、リーフよりもブロークンタイプが多い。ブロークンは茶葉を切断してふるいにかけているので、抽出にかかる時間がリーフよりも短かった。

そういうわけで、僕は「一分」の砂時計をひっくり返す。

かなりタンニン、すなわち渋みが出る紅茶なので、蒸らしすぎると飲めたものじゃない。

「……オコジョはねえ、わかるんです……コウさんがキームンを好きな理由を。そしてウバがそうでもない理由を……」

「僕もわかるので、ちょっと集中しますね」

キームンは初めて自分で入れてもおいしかった。ウバを始めとしたブロークンタイプの茶葉は集中力がいるので、話しかけられると惨事になる。

「一分。よし」

茶こしを構え、あたためていた自分用のティーカップに紅茶を注ぐ。

一番おいしいとされている最後の一滴――「黄金のひと雫《ゴールデン・ドロップ》」は、オコジョさん用の小さなカップに出し切った。

「……いい水色ですね。『ゴールデンリング』もしっかり出ています……」

ウバのクオリティシーズン、すなわちもっともその紅茶らしさが出る時期は、おおよそ七、八、九月だ。この時期のウバは赤みがかっていて、品質がよいとカップの縁に黄金の輪が浮かぶ。

「こうして真上から見ると、わかりやすいですよね」

紅茶なんてどれもそんな感じと思ったけれど、比べてみるとたしかに違った。質のいいウバのリングは、黄金というより水に映る蛍光灯っぽい。

「そしてこの、『ウバフレーバー』。これは目が覚めますねえ」

ようやくオコジョさんの目が、ぱっちりと開いた。

ウバ茶の特徴として、スミレやスズランに似たサロメチール香がある。

要するにメンソールっぽい刺激のある匂いで、これがウバフレーバーと呼ばれていた。口に入るとわかりやすいので、目覚めの一杯に向いている。

「それじゃあ、今日も一日がんばりましょう」

目覚めたオコジョさんが開店を宣言し、アーミンズの一日が始まった。

少し気温が低かったこともあり、近所の常連さんが多くやってくる。

僕は忙しく紅茶を入れ回り、オコジョさんをあちこちへ運んだ。千辺さんもスコーンを焼き続け、ただでさえ細い目がほとんど閉じかかった。

ようやくひと息つけたのは、閉店間際の午後五時半。

「今日は忙しかったですねえ。コウさん、おつかれさまでした」

カウンターの上に立つオコジョさんが、僕を見上げて軽くお辞儀する。

「おつかれついでに、印章を押してもらえませんか」

オコジョさんは両手で大事そうに、ワインのコルクっぽいものを持っている。その足下には、手紙の封筒と蠟燭《ろうそく》があった。

「ああ、シーリングワックスですか。初めてですけど、やってみます」

封筒を丁寧に押さえ、赤く溶けた蠟にぐっと印章を押しつける。

ちらっと見えた住所が英語だったので、どうもエアメールらしい。

「ロンドンにいる友人への手紙です。普段はメールを送って、それを若いシスターに音読してもらいます。でもたまに直筆で送らないと、彼女はスマホを指さし、『極めて筆無精《ふでぶしょう》作り機！』と機嫌を悪くするようで」

ティールームの奥には半個室の空間がある。その壁にかけられた白黒の写真に、オコジョさんと修道服を着た女性がよく一緒に写っていた。

「ご友人、ユニークな言語センスですね……ああ、よかった。ちゃんとオコジョさんのマークが出てますよ」

印章を持ち上げると、蠟の中に店の看板と同じロゴが浮かんでいる。

「助かりました。それじゃあオコジョはひとっ走り、投函してきますね」

オコジョさんがいそいそと、背中に封筒をくくりつけた。

「帰るときでよければ、僕が出してきますけど」

「いえいえ。最近なんというか、その、オコジョは運動不足でして……」

言われてみれば、ほんのり下半身がぽっこりしている。

脱走犬のジョンを、僕が捕まえるようになった影響かもしれない。

「このままだとカワウソになってしまうんで、運動がてらにいってきます」

そう言うと、オコジョさんはぴょんぴょん飛んで二階へ向かった。オコジョさんは店内では床を歩かず、外への出入りは上階の窓からしている。

僕は残っているお客さんに気を配りつつ、千辺さんと店じまいを始めた。

「やっぱサッカー選手ってモテるんだろ。コウはどうだった」

「やっぱパティシエってモテるんですよね。千辺さんはどうでした」

「なんだよそりゃ」

「そういうことですよ」

他愛もない雑談をしていると、早くもオコジョさんが降りてくる。

「どうもどうも。オコジョが戻りましたよ。コウさん、痩せましたかね？」

「オコジョさん。『尾も白い！』を、忘れてますよ」

僕はアルカイックスマイルを浮かべてみせた。

「……早くフェレットになりたいです。それはさておき、日が落ちるのが早くなりましたね。まだ六時前ですが、今日はもう閉めましょうか」

お客さんもいないので、今日はクローズと相成《あいな》った——のだけれど。

「あの女の子、お客さんですかね」

薄暗くなった窓の外に、白いブラウスを着た人影が見えた。

「女子高生か？　まあお嬢さまっぽい子はときどきくるが、あの感じだとお客じゃないだろうな」

千辺さんがそう判断したのは、アーミンズがファストフードほどには安くないからだ。平日は二十代のお客さんも少なく、高校生はまず見ない。

「オコジョには、なにか探しているように見えますね。またジョン・ドゥが遊びにきたのかもしれませんよ」

たしかに女の子は首を左右に回し、薄闇に目を凝らしているようだ。

「庭にリャンくんがきてますね。あ、リャンくんに話しかけた。僕ちょっと、声かけてきます」

リャンくんの仕事の邪魔になるかもと、急いで玄関へ向かう。

「オコジョも行きますよ」

僕が首から下げた竹筒に、オコジョさんがしゅるりと入りこんだ。

ドアを開けて薄暗い庭を歩き、女の子とリャンくんに近づく。

「こんばんは。まことに申し訳ありませんが、当ティールームの営業は午後六時までとなっておりまして」

「えっ」

女の子が口元に手を当て、驚いたように僕を見る。

その瞳は黒目が大きく、まつげがくるんとカールしていた。ミルクティー色の髪も毛先が丸く、インナーカラーはローズティーみたいに赤い。爪も派手なターコイズブルーで、なめらかな光沢をまとっている。

つまりギャルだ。がっつりギャルを極めんとしているタイプだ。

「ティールームってことは紅茶？　これもう完全にアリスじゃん！　中で眠りネズミとお茶会してるまである！」

女子高生がいきなりテンションを上げる。いまどきっぽい口調だけれど、その内容にほのかな教養を感じた。

「人をお捜しですか。あいにく店内に、もうお客さまはいらっしゃいませんが」

念のため振り返ってみたけれど、窓に見えたのは千辺さんだけだ。

「ウサギは？　懐中時計を持ったウサギ見たから、秒で追いかけたんだよね。ここで見失ったから、その辺に穴でも開いてないかなって」

どこかで聞いた話だと思っていると、首元から答えが聞こえてくる。

「ルイス・キャロルの、『不思議の国のアリス』の冒頭シーンですね。まあオコジョはウサギではないですけど、懐中時計は持ってますよ」

オコジョさんが竹筒から顔を出し、金色のそれを見せてくれた。

「いた！　ほそ！　かわいさ、えっぐ！」

女の子は興奮気味にスマホを取りだし、僕の顔から下に向ける。

「撮っていい？」

見た目のギャル感に反し、意外と礼儀正しい。

「オコジョは構いません。どうせなら、中でお茶を一杯いかがですか。まだ十分程度は営業時間ですし、リャンくんもよければ」

オコジョさんは明らかに、「ほそ！」に気をよくしている。

お茶に誘われた女の子は、「マジ僥倖《ぎょうこう》」と喜んだ。

リャンくんも例のごとくに、「……っす」と立ち上がる。

最近の若者言葉はよくわからないなと思った瞬間、僕は愕然《がくぜん》とした。

「これ、おじさんの常套句《じょうとうく》だ……」

2

カウンター席にギャルの子が座り、一席空けてリャンくんも腰を下ろした。

僕は二杯分の紅茶を作り、ふたりの前にそっと置く。

「紅茶にも旬がありましてね。ウバはいまが飲み頃です。有名なペットボトルの紅茶にも含まれる茶葉なので、親しみやすい味ですよ」

オコジョさんがうんちくを語ると、すかさず女の子がカップを持ち上げた。

「ゴルリン出てるんですけど！　いいお味！」

一発言の中に、ギャル感と育ちのよさが混在している。

その違和感に、お茶菓子のブラウニーを持ってきた千辺さんが尋ねた。

「お嬢ちゃん、あんた何者だい」

「アリサ？　ＪＫ！　ひげのおじさまは？」

生まれて初めて「おじさま」と呼ばれたことに、千辺さんは感動していた。

その後も独特の言葉で問答が続いたので、ざっくりとまとめる。

彼女の名前は百草園《もぐさえん》アリサ。姓が仰々《ぎょうぎょう》しいから名前で呼んでほしいとのこと。

アリサさんは都内の有名お嬢さま校に通う一年生で、電車通学を始めたのは最近らしい。ゆえにこんな素敵な店が近所にあるとは知らなかったという。それ以前は運転手が送り迎えをしていた模様。

要するに本物のお嬢さまだけれども、それにしては見た目がギャルギャルしい。

とはいえ外見についてあれこれ聞くのも、時代的にも性別的にもいかがなものかと逡巡《しゅんじゅん》していると、おじさまがあっさり聞いてくれた。

「あのお嬢さま学校にも、ギャルっぽい子がいるもんなんだな。アリサちゃんの友だちも、そんな感じなのかい」

ルッキズムはほどほどに風潮を問うような、悪くない聞きかただと思う。案外本当に、世の中にはおじさんが必要かもしれない。

「友だち？　いないよー。別にいなくていいし」

アリサさんはこともなげに言い、きちんとカップをつまんで紅茶を飲んだ。

「ブラウニーというお菓子は、素朴でおいしいですよね」

オコジョさんがリスのように、両手でかけらを頰張っている。

「ほんそれ。ブラウニーの濃厚なバターみとチョコの甘さって、おなか減ってるけどもうすぐ夕食ってときに、一番いいつなぎまである」

「オコジョもわかります。そしてなにより、このウバという紅茶はチョコレートにあうんですよね。昔から王道のペアリングとされています」

「ね。紅茶の渋さとチョコの苦みとかガチで相性悪そうだけど、ウバの香りでチョコミントシナジーある的な」

言葉はともかく、アリサさんの育ちのよさは味覚にも出ていた。

「ですです。イギリスにおけるブラウニーは、ビスケットやショートブレッドと同じく紅茶のお供としてポピュラーです。イギリスにはそれこそ、『ブラウニー』という名前のお手伝い妖精もいますね」

「なっつ！　子どもの頃、部屋の隅にチーズ置いて見張ってた」

ささやかなエピソードにも、お嬢さま感が漂っている。

「お手伝いの報酬ですね。ブラウニーは作りかたも混ぜてオーブンで焼くだけで、ほかのイギリス菓子と同じく家庭で作れる手軽さです。でもブラウニーの発祥は、イギリスではなくアメリカなんですよね」

初耳の「へえ」を言ったのは、その場では僕だけだった。

リャンくんは黙々と、と言うよりは、ぱくぱくと、ブラウニーを食べている。いつもよりも少しだけ、口角が上がっているように見えた。

「本来はアメリカのお菓子なのに、イギリスっぽいブラウニー。似てますね？　もとから心がギャルだったのに、お嬢さまとして見られるアリサさんに」

オコジョさんが不意打ちで問いかけ、あざとく体を傾けた。

「え……尊《とうと》い」

アリサさんが手を伸ばし、細長い胴体をハグする。オコジョさんのことだから逃げるのは簡単だろうけど、いまはされるがままになっていた。

「お察しストリート。アリサね、高校デビューなんだよ」

たぶん「お察しの通り」と言いたいのだと思う。ギャル語とおじさんのダジャレには、かなり近しいものを感じた。

さておき中高一貫での高校デビューは、けっこう珍しいと思う。

アリサさんは高校生になって動画系のSNSを知り、世間、すなわちお嬢さま校ではない一般の女子高生を初めて見たらしい。そのきらきらした存在感にすっかり魅了され、自分もかわいくなりたいと決意した。

手始めに制服の着こなし、髪の毛、メイクと、少しずつ実践していく。

そうしてネイルに手を出した辺りで、友人たちが離れていったそうだ。

「別にアリサ、校則とか破ってないよ」

お嬢さま校は規則に厳しいイメージがあるけれど、それは生徒の自主性で保たれるマナーに近いらしい。つまり髪を染めるのも学校には認められている。

にもかかわらず、友人たちは距離を置いた。それが五月の出来事で、アリサさんは夏休みをはさんで三ヶ月ほどひとりぼっちだという。

「人を見た目で判断するとか、マジ牝牡驪黄《ひんぼりこう》を知って？」

「オコジョも同感です。外見や伝聞だけで判断せず、大事なのは己《おのれ》で本質を見抜くこと。さもないと雌を雄に、黄色を黒に見間違えてしまう。インフルエンサー時代と言える現代に、ぴったりの四字熟語ですね」

などとアリサさんとオコジョさんから教養を得たところで、わずか十分のお茶会はお開きとなった。

アリサさんが帰ると、千辺さんがやれやれと嘆く。

「昔のギャルはやんちゃもしてたが、アリサちゃんは単にかわいいを追求してるだけだろ？　イメージだけで関係を切られるなんて、ドライな世代だな」

見た目は派手だけれど、アリサさんはいい子だと思う。

育ちや言葉づかいはもとより、オコジョさんをそのまま受け入れたことがなによりの証左だ。まあまあ強面のリャンくんにもためらいなく話しかけていたし、「牝牡驪黄」をきちんと実践していると思う。

「そういえばリャンくんは、庭でアリサさんとどんな話をしたの」

聞いてみると、返事は予想通り「……す」だった。

「『素敵な庭ですね。ところでウサギを見ませんでしたか』、ですか」

オコジョさんが通訳してくれる。どう考えてもリャンくんはそこまでしゃべっていないけれど、オコジョさんが言うならそうなのだろう。オコジョさんはエスパーのように人の心を言い当てる。

「中高一貫だと、アリサさんは他校にも友だちいないかもですね」

僕がそらしてしまった話題を、千辺さんに返した。

「かわいそうだよな。まあまだ一年生で、これからできるだろうが」

そう願いたいけれど、環境的には難しいのかもしれない。

「オコジョは逆に、アリサさんが抱いた偏見を危惧していますよ。友だちは『別にいなくていい』と言っていましたし」

外見で判断されたことで、アリサさんは学校の人間関係を拒絶している。

離れてしまった友人以外も寄せつけないなら、それもまた偏った見かただ。

「ちなみにリャンくんは、アリサさんのことをどう思う？」

僕の問いかけに、リャンくんは「……っす」と答えた。

もういいかげん、「……っざ」と思われているかもしれない。

それでも翌日、僕はためらいつつもリャンくんに声をかけた。

「おはよう、リャンくん。昨日はいろいろ聞いちゃってごめんね」

「……っす」

言葉以外にも、リャンくんは小さく首を横に振る。

それが「ぜんぜんいいっす」、「問題ないっす」の意味であれと願いつつ、世間話はほどほどに切り上げて撤退した。

「おはようございます」

店に入り、カウンターでバター茶を飲んでいた千辺さんに挨拶する。

「おう、コウ。俺は思ったんだけどな……聞いてるか？」

「はいはい。聞いてますよ」

たぶんしょうもないことだと予想して、バックルームで着替えを始めた。

「マンガとかアニメに出てくる、お嬢さまキャラっているだろ。語尾に『ですわ』がつくような」

「まあなんとなく、わかりますけど」

「ああいう子って、生徒会長率高いよな。そんでやたら金髪だろ。ほかの生徒は黒髪なのに。あれ実は、ギャルリスペクトなんじゃないか」

本当にしょうもない話だったので、なんとなくほっとした。

「朝からなに言ってんですか」

「いやほら、アリサちゃんも生徒会なんかに入ったら、友だちができるんじゃないかと思ってさ。おじさまとしては、考えちまうわけだ」

千辺さんの着眼点はともかく、優しい「おじさん」ではあると思う。

「そもそもアリサさんは金髪じゃないですよ。あと本人が友だちを欲しがってないみたいですし、そっとしておいたほうがいいんじゃないですか」

もちろん、アリサさんが強がりで言っている可能性もある。でもそれで悩んでいるならば、オコジョさんが察するだろう。

「馬鹿野郎。友だちがいなきゃ、青春が始まらないだろ」

なあオーナーと、階段をずるぺた降りてきたオコジョさんに聞く千辺さん。

「……そうですね……学友がいないよりは、いたほうがいいですね……あとオリジナルドラマの配信って、なんで全話一挙公開なんですかね……」

かなりの話数を見てしまったらしく、オコジョさんはまだ目が開いてない。ウバを入れてあげると、ゴールデンリングに吸いこまれかけていた。

そんなわけで僕はすやすや眠るオコジョさんを首にぶら下げ、忙しい秋の一日をすごす。やがてピークが過ぎた午後五時に、アリサさんはやってきた。

「ほんと無理なんだけど。マジ大人ウザすぎる」

ようやく目覚めたオコジョさんと一緒に迎えたところ、ご機嫌が麗《うるわ》しくない。

とりあえずカウンターに案内してみると、アリサさんはヴィクトリアンサンドイッチケーキを頼み、紅茶はお任せで注文した。

「先生がね、おばあちゃんの先生なんだけど、会うたびに『友だちはできた？』って心配そうに聞いてくるの。バ先の店長も『同窓の友だちはいいもんだよ』って、早くバイト辞めさせようとしてきたし。あと親！　なんか『お友だちとは仲よくやってる？』って、こわごわ探ってくんの。なんなの大人って！　ぼっちは人として認めてくんないの？」

アリサさんがどんとカウンターをたたいた拍子に、砂時計とオコジョさんがちょっぴり浮き上がる。

友だち青春論者の千辺さんは、ばつが悪そうに僕から目をそらした。

「アリサさん、アルバイトしてるんですね」

誰も反応しないので、僕が意外に思ったことを聞いてみる。

「もう辞めたし。海の家だから期間限定。髪色の規定ゆるかったから始めてみたんだけど、男の人ばっか声かけてきて最悪だった」

お金以外でバイトをする理由は、人との交流を求めてだと思う。

となればお金に困らないお嬢さまが働く理由は、自分と同類のギャルを求めていたのではないだろうか。

店長さんはそれを見抜き、見た目に反して素直でいい子のアリサさんに悪い虫がつかないよう、早期退職をうながしたのかもしれない。

ともあれ、アリサさんは友だちが欲しくないわけでもなさそうだ。

「たいへんでしたね。とりあえず、お茶にしましょうか」

オコジョさんが言い、僕はキームンのカップをカウンターに置いた。

同時に千辺さんが、表面に粉砂糖をまぶしたスポンジケーキを持ってくる。

「アリサちゃんは通好みだな。ヴィクトリアンサンドイッチケーキは、スポンジ生地の間にラズベリージャムをはさんだだけのシンプルなケーキだ。だが伝統のレシピで作る場合、家庭じゃ再現が難しい」

「え、なんで？　ママは普通に作ってくれたけど。作るの楽なケーキだって」

アリサさんが、きょとんとしていた。

「ケーキにジャムをはさむってことは、スポンジが二枚必要ってことなんだ」

千辺さんが両手を広げ、二枚分の大きさを表す。

「日本の家庭は、二枚のケーキを同時に焼けるほどオーブンはでかくない。家で作る場合は厚いスポンジを一枚焼いて、スコーンみたいに半分に切る。均等にカットするのも案外むずいぞ。言うほど『楽なケーキ』でもないってこった」

アリサさんはふーんと、反応が薄い。

それを見て、オコジョさんがうんちくを語り始める。

「ヴィクトリアンサンドイッチケーキは、その名の通りにヴィクトリア女王が愛したケーキですね。夫のアルバート公が四十二歳の若さで亡くなり、女王は悲嘆に暮れました。人目を避けてふさぎこむ日々ですが、女王には公務があります。気丈に振る舞わねばならない女王を元気づけるために、このケーキが作られたんですよ」

「アリサ知ってる！　このケーキを食べると、女王さまはちゃんと笑顔になったんだよね。立派」

そう言って、アリサさんはケーキを口へ運んだ。

「めっちゃおいしい！　クリームのケーキも好きだけど、生地自体を食べるケーキって、すごくおやつっぽくていいよね。なんかなつい」

このケーキには、僕もなつかしさを覚える。アリサさんはお母さんの味なんだろうけれど、僕の場合は部活のあとによく食べた菓子パンだ。

「さっきは、いらいらしてごめんね」

アリサさんが、へへっと笑った。

たぶん自分で自分の機嫌を取るために、ヴィクトリアンサンドイッチケーキを頼んだのだろう。こんな風に根がいい子すぎるから、周囲の大人たちがアリサさんを心配してしまう気持ちもわかる。

「いいんだ。俺だってアリサちゃんの考えは理解できる。人間ってのはさ、友だちなんてわざわざ作る必要ないんだ。いまは個人の時代だしな」

おじさまは、あっさり手のひらを返した。

こうなると、反対意見を言う人がいない。僕も無理に友だちを作らなくていいと思うけれど、大人たちの気持ちも理解できる。アリサさん自身が自分の気持ちに蓋をしている可能性もあるし、ここは諫《いさ》めるべきだろう。

「コウさん、センスいいね。キームンって、ヴィクトリア女王のお誕生日に献上されるお茶でしょ。この味も、いま飲みたかったやつって感じ」

まあディベートじゃないし、わざわざ反対意見を言う必要もないか――。

などと、僕まで日和《ひよ》りかけたときだった。

「おい、あんた」

庭から店に入ってきたリャンくんが、どんとカウンターに手をつく。

その行為にも、初めてまともに声を聞いたという事実にも驚いた。

「……アリサになにか御用？」

ややむっとしつつ、アリサさんが顔を上げる。

「ここは大人の店だ。子どもは学校で子どもと遊べ。さもないと後悔するぞ」

「は？　ダル。あなただって、子どもみたいなもんでしょ」

予想外のバトル勃発《ぼっぱつ》に、僕は千辺さんと顔を見あわせハラハラする。

けれどオコジョさんだけは、なぜか尻尾を揺らして楽しげだった。

3

「アリサ、文句を言われる筋あいなくない？」

アーミンズが大人の店というのはリャンくんの主観にすぎず、未成年が入店できないわけではない。毎日学校にも行っていて、成績だって上位をキープしている。来店時間だって、オコジョさんの邪魔をしない閉店間際。

そう言って、アリサさんは毎日堂々と店にきていた。

一方のリャンくんは、仕事次第では店に顔を出さない日もある。けれどアリサさんと遭遇すると、「帰れ」と毎回言いにきた。

ある意味では営業妨害だけれど、オコジョさんはなにも言わない。どころか好々爺《こうこうや》のような顔で、ふたりをそっと見守っている。

帰れ、帰らないし、といった会話をくり返すうち、アリサさんはリャンくんが庭にいない日も、ちらちらと背後を振り返るようになった。

「今日は朝もいなかったから、現場が遠いんだと思うよ」

僕がそんな風に伝えると、

「なら安心してお茶が飲めるね。コウさん、クロテッドクリームおかわり」

などと鼻を鳴らす。

そのくせリャンくんが庭の手入れに夢中で店に入ってこないときなど、アリサさんは自分からカフェテーブルへ移動したりしていた。

僕はどこかさびしそうな千辺さんをなぐさめつつ、ふたりを窓から見守る。

やがて十月に入ると、窓越しにリャンくんの口が動くのが見えた。

「あのふたりがなにを話してるのか、オコジョさんにはわかったりしますか」

カウンターから胴を伸ばし、うむうむうなずいているオーナーに尋ねる。

「なんとなくはわかりますね。アテレコします？」

ぜひと答えると、オコジョさんが手でひげを撫でつけた。髪の毛をいじるくせがある、アリサさんのつもりらしい。

「――ひとりだったらさみしいよ。でもアーミンズにいればオコジョさんと、おしゃべりできるし」

今度はオコジョさんが目つきを鋭くする。リャンくんのつもりのようだ。

「みんな大人だ。あんたの友だちじゃない」

「でもアリサは楽しいよ。コウさんとか友だちみあるし」

「向こうはそう思ってない。仕事だから相手にしてる。大人だから心配してる。あんたはそれに甘えてるだけだ」

そこまで薄情なつもりはないけれど、リャンくんの意見は地に足がついた大人のものだと感じた。

「歳の離れた友だちだっているじゃん」

「それは大人の世界の話だ。同じ目線で同じ時間を生きている同世代でしか、わからない空気がある。それはいましか手に入らない」

あいつめちゃめちゃかっこいいなと、千辺さんがうなった。

「リャンには、そういう友だちがいるの」

「あんたに関係ないっす」

「ふーん」

　なんだか背中がむずむずする。口の中もヴィクトリアンサンドイッチケーキを食べたときみたいに、渇きと甘酸っぱさがあった。

「まあアリサだって、大人の意見を軽んじるつもりないよ。でもみんなスタンプ連打したみたいに、おんなじこと言うじゃん。『友だちを作れ』って。相手のことを考えて言ってる感じじゃないっしょ」

　庭のアリサさんと、カウンターのオコジョさんが同時にそっぽを向いた。

「それが普通だ。大人はあんたの気持ちに寄り添おうとはしない。あの人たちが子どもに話すのは、九割が自分の失敗談だ」

「あーね。わかりみ」

　アリサさんそっくりに、オコジョさんが鼻で笑った。

「自分と同じ目に遭ってほしくないから話すんだ。あんたがスタンプと称した大人たちは、みんなあんたの幸せを願ってる。あんたはそれをわかってない」

「アリサの幸せ……」

ぽけっと、オコジョさんの小さな口が開く。

「定年間際の老教師は、普通はあんたみたいな面倒な生徒に関わらない。バイト先の店長だって、客に人気のあんたを辞めさせるメリットなんてない。品行方正に育っていた娘が、髪を染めても、バイトを始めても、あんたの親は文句も言わない。あんたは本当に、自分がどれだけ恵まれているかわからないのか？」

「……わかってるし」

オコジョさんが口をとがらせた。

「それで不満なら、昔の俺と替わってくれ。最高だぞ。誰も友だちを作れなんて言ってくれなかった。失敗談の代わりに、耳触りのいいうそしか言わない。そういう一割の大人たちにこき使われてみろ」

オコジョさんは迫真の演技の後、はっと我に返った。

「……興が乗って、やりすぎました。この辺にしておきましょう」

プライベートな内容だし、それがいいと思う。いつかリャンくんの口から直接聞くまで、今日聞いたことは忘れてしまおう。

「リャンはさ、祖国で孤児だったたんだ。いろいろあってこっちにきたが、拾われた先が悪い大人たちでなあ。あの点棒ピアスはその頃の――」

「なんで言っちゃうんですか千辺さん！」

「別にリャンだって隠してないぞ。聞けばコウにも教えてくれる」

「そういう問題じゃないですよ！」

知られて困ることじゃないかもしれないけれど、本人以外から聞くのはフェアじゃない。というか知ってしまったら、また壁を作られてしまう気がする。

「オコジョさん、あざまる。リャンを拾ってくれて」

僕がわなわなしている間に、アリサさんとリャンくんが店内にいた。

アリサさんの目は涙ぐんでいて、リャンくんは居心地悪そうにしている。オコジョさんがアテレコをやめたあとも、会話は続いたのだろう。

「こちらこそ、ありがとうございます。リャンくんと仲よくしていただいて」

オコジョさんも瑠璃さんと同じく、親目線でリャンくんを見ているらしい。

「で、リャンと話して、大人の本心はわかったんだけど。でもアリサはアリスじゃないっていうか。理想の子ども像を押しつけないでほしいよね」

アリサさんがカウンターの席に座り、メニューをぱらぱらとめくった。

「あんた、俺の話を聞いてなかったのか」

リャンくんがアリサさんの「隣」の椅子を引き、静かににらみつける。

「聞いた上で言ってんの。アリサがリャンの環境で育ってたら、ぬくぬく育ったお嬢さまに同じお説教するよ。でもアリサはアリサだから。いまは髪を巻いたり爪を塗ったりが一番好き。それをやめてまで、人を外見で判断する人たちと仲よくしたくなんてない。コウさん、ウバおねしゃーす」

うっかり「しゃーす」と返しそうになりつつ、僕は湯を沸かした。

「俺はそのかっこうをやめろなんて言ってない。友だちなんていらないって、ガキみたいな態度をやめろと言っているんだ」

頭に巻いたタオルの下の目は、しっかりとアリサさんを見据えていた。

「は？　ガキにガキって言われたくないし」

「俺はガキじゃないっす！」

険悪なムードが漂い始めたところで、千辺さんがケーキをカットする。

「ふたりとも落ち着けよ。俺から見りゃ、どっちも子どもだ」

ヴィクトリアンサンドイッチケーキが皿に載せられると、アリサさんもリャンくんも押し黙った。僕も入れた紅茶をカウンターに置く。

「素朴なビジュと、単純な味にほっとするから、笑っちゃうのかも」

アリサさんがケーキを口に運び、もぐもぐと咀嚼《そしゃく》しながら笑った。

「千辺さんの作るものは、なんだってうまい。だから笑うんだ」

リャンくんも、少しだけ目尻を下げている。

「紅茶もじゃない？　こうやって紅茶を飲むだけの時間が、人間には必要でしょ」

「あの人も、同じことを言ってたな」

「アリサわかっちゃった。女の人でしょ。彼女？」

「そんなんじゃない。母親みたいな人だ」

ふたりの間の緊張感が、やわらいでいくのがわかる。

「人が紅茶を飲む目的は、ゆっくりすることかもしれませんねえ」

オコジョさんが、窓の外を見ながら言った。

「机の上にスマホがあったら、触らずに五分すごすのが難しい時代です。でも紅茶を飲むときだけは、みんな集中します。紅茶は熱いですから。ね、コウさん」

それはジョークのようだけれど、けっこう真理だと個人的に思っている。

「僕は紅茶を入れるようになってわかりました。最初のひとくちを集中して飲むだけでも、リラックスというか、リセット効果があると思います」

一日になんどもそういう時間があると、そのつど頭の中が整理され、次にやるべきことに好ましい気持ちで臨《のぞ》める。

そのためには、「ながら飲み」できない熱い紅茶が一番いい。

「うん。ゆっくり紅茶を飲んで落ち着いて考えてみたけど、やっぱアリサ、友だちはいいかな」

アリサさんは、少し眉を下げて申し訳なさそうに笑った。それはかたくなな否定というより、熟考の末の選択だと思う。

「そこまで言うならいい。ただ俺の話も、頭の隅に入れておけ」

リャンくんもまた、紅茶を飲んで態度を軟化させた。

ふたりが無事に仲直りができたようなので、僕も千辺さんもオコジョさんも、みんな「うむうむ」と好々爺の顔になる。

「いま思えば、リャンがアリサに『ここは大人の店だ』って言ったのって、同世代の友だちを作れって意味だよね。リャンは大人の世界で育ったから」

リャンくんはなにも言わなかったけれど、否定もしなかった。

「だったらさー、リャンがアリサの友だちになってよ。リャンだって同世代の友だちいないんでしょ？」

「い、いる」

「たとえば誰？」

そこで僕は、リャンくんにだけわかるように自分を指さした。

リャンくんは気づいて「おお」という顔をしつつ、すぐに目を伏せる。

思わず「ぬあっ」と、引退間際のケガをしたときと同じ悲鳴が出た。

「いないんでしょ？　ていうかこんだけケンカしたら、逆にもう友だちっしょ」

「だから、俺は同世代の友だちを――」

「リャンってさあ、上下関係めっちゃ重視するよね。年齢とか」

壁を作られている僕としては、アリサさんの言葉にうなずくしかない。

「当たり前っす」

「それ！」

アリサさんが、びしっとリャンくんに指をつきつけた。

「『……っす』って言葉が敬語かどうかは置いといて、リャンってときどきアリサにもそうやって言うんだよね。実はアリサの一個下とかじゃないの？　だったら完全に同世代じゃん」

そんなわけがない、とは言い切れなかった。

僕はリャンくんの年齢を二十歳前後と思っていたけれど、それは社会人であることや外見から判断しただけだ。本人に直接聞いたわけじゃない。

とはいえさすがに十五ってことはないよねと見ると、リャンくんの黒目が点のように収縮していた。

たしかに十五歳であれば、二十四の僕に壁を作って当然だろう。

少しだけ安心すると同時に、法律的に大丈夫なんだっけと疑問が浮かぶ。

そこでふと、夏に瑠璃さんが言っていたことを思いだした。

『――リャンはまだ子ども。私は母親代わり――』

そのときはなにも思わなかったけれど、いまは違和感を覚える。

姉代わりならまだしも、二十代後半と思しき瑠璃さんが、二十歳前後に見えるリャンくんの母親代わりを自称するだろうか。

頭の中に、謎がリフレインする。

青いスカーフを首に巻いたキツネ……夜の庭……実年齢が見た目よりも若いかもな庭師のリャンくん……リャンくんの母親代わりを自称する、首に青いスカーフを巻いた年齢不詳の瑠璃さん……。

ひとつひとつは、別におかしなことじゃない。

けれど集まると、そこに「秘密」が浮かび上がってきた。

4

珍しいことに、僕が出勤するとオコジョさんがすでに起きていた。

起きてはいたけれど、明らかに様子がおかしい。

カウンターの上の花瓶に体を隠し、耳を伏せてうつむいている。

「オコジョさん、どうかしたんですか」

「ちょっと、しょんぼりすることがありまして」

それはまあ、表情でわかる。

「僕でよければ、話を聞きましょうか」

「いえ、大丈夫です。いつものことなので。基本的には、いいことですし」

それならそっとしておこうと、僕はなるべくひとりで接客した。

昼すぎにはオコジョさんもおしゃべりを始めたけれど、いつもよりもだいぶ元気がない。今日は大事なお客さんがくるのに大丈夫かなと心配しているとき、その待ち人が現れた。

「コウ。こういうのは、世間的にはデートって言うんじゃないのか」

千辺さんがサービングカートの横で、小声でいらだっている。

今日は土曜日。リャンくんの休日にあわせて、アリサさんがアフタヌーンティーを予約していた。

私服のジャケットを着たリャンくんは、まごうことなき美男子だった。まるでヤンキー映画の舞台挨拶をする、若手アイドルのように見える。

アリサさんも同じくで、タイトなワンピースがどきっとするほど大人っぽい。

ふたりとも明らかに、ただものでないオーラをかもしだしていた。

「デートかはともかく、普段からふたりはニコイチっぽいですよね」

僕も小声で返し、奥の間の長椅子に座るふたりを見る。

金髪にピアスの少年と、巻き髪にカラフルなネイルの少女。まったくもって「お似あい」以外の言葉が出てこない。

「なんで俺が、こんなことをしなきゃならないんだ」

状況が飲みこめていないらしく、リャンくんが愚痴をこぼした。

「いいじゃん、つきあってくれたって。アリサはずっと、ここでアフタヌーンティーしてみたかったんだよね」

アリサさんは余裕たっぷりに笑う。

「だったら、ほかのやつを誘え」

「知ってるでしょ。アリサはほかに友だちいないし」

「俺だって友だちじゃない」

そこでアリサさんが、にやりと笑った。

「たぶんいまのアリサたち、カップルのデートにしか見えないよ。友だちじゃないなら、彼氏と彼女ってことになっちゃうけど？　リャンはおけまる？」

「くっ……友だちでいい」

女の子に翻弄されるリャンくんを見たら、瑠璃さんはどう思うのだろう。

「やった」

うれしそうに笑うアリサさんを見て、リャンくんの頬が赤くなった。

あまりに青春な光景に、見ているこっちも気恥ずかしい。

「アリサちゃん、素直でいい子だよなあ。この性格なら、そのうち学校でも友だちできるんじゃないか。リャンと仲よくなる必要ないんじゃないか」

千辺さんの意見に前半は同意するけれど、後半は野暮の極みだと思う。

僕はおじさまの嫉妬をスルーして、ふたつのカップにウバ茶を注いだ。

「お茶の支度ができました」

言ってちらりと、カートの上のオコジョさんを見る。

「本日のアミューズは、チキンのポットパイとタマネギのピクルスですね。オコジョはひよこ豆が好物なので、このポットパイが大好きですよ」

今回のオコジョさんは、ほとんどお節介をしていない。アリサさんが望んでいないのもあるだろうけれど、傍観を楽しんでいるようにも見えた。

僕もチトセさんや中河原さんのときのように、なにかせねばと焦っていない。

それをすべき人が、ほかにいたからだろう。

「続きましてセイボリーは、シュリンプサンドとたまごサンドです。中段はプレーンなスコーンとチーズスコーン。そしてジンジャークッキーをご用意しました」

「ボリュームやば！　リャン食べきれそ？」

アリサさんの問いに、リャンくんはふんと鼻で返す。

「俺が働いていたときも、残す客はほとんどいなかった。二時間しゃべって食うだけだから、みんな足りなくなっておかわりする」

「じゃ、いっぱい話そ」

その素直な言葉に、リャンくんがまた顔を赤らめる。

「コウ、俺の前に立ってくれ。青春で目が焼ける」

　千辺さんが片手で顔を遮ったけれど、僕も正直直視できない。

「おかわりもありますからね。最上段のプティフールは、ヴィクトリアンサンドイッチケーキとモンブラン、スイートポテトのプディングです。千辺くんの逸品をご堪能《たんのう》ください」

　オコジョさんのお辞儀にあわせ、僕と千辺さんも一礼した。

　紅茶はいま入れたばかりなので、ホールでの仕事に待避する。

「アリサちゃん、楽しそうだったな。リャンなんてろくにしゃべりゃしないのに、なにがいいんだ？　顔か？」

　カウンターに戻るやいなや、千辺さんが不平をこぼした。

「アリサさんは、人を外見で判断しないですよ」

「へっ。面食いの瑠璃とは大違いだな」

「そういえば、千辺さん結婚してたんですよね。聞いてもいいですか」

「だめだ」

「じゃあいいです」

「……って、なんだよ！　逆に気になるだろ。聞け」

実は聞くのが怖いことなので、だめならだめでもよかった。

でもこのタイミングを逃したら、二度と聞けないとも思う。

「千辺さんって、もしかして瑠璃さんより年下ですか」

瑠璃さんは推定年齢二十代後半。おそらくは十五歳であるリャンくんの母親代わりを自称し、四十五歳の元夫を「ちゃん」づけで呼ぶ。

明らかにおかしいわけではないけれど、別の茶葉がひとつまみ混ざった紅茶くらいの違和感はあった。

二十歳に見えるリャンくんがおよそ十五歳だったなら、二十代後半に見える瑠璃さんが、四十五歳やそれ以上である可能性がないわけじゃない。

「あー、それはだな……」

千辺さんはなぜか、様子をうかがうようにオコジョさんを見た。

「コウさんがここで働き始めて、そろそろ半年ですねえ」

オコジョさんは僕を見ず、窓の外に目を向けている。

朝の花瓶のときと同じく、あまり元気がないように見えた。

「そうですね。あっという間の半年でした」

「そろそろセカンドキャリアについて、考えはまとまりましたか」

「いえ、特にこれといっては」

僕がアーミンズで働き始める前に、オコジョさんは「雨宿り」という言葉を使っている。ここで一時的に羽を休め、晴れたら飛んでいけばいいと。

いまのバイトは順調で、朝もジムに通う余裕があった。だから将来を考える時間もあり、実際に公園でぼんやり物思いもする。

けれど答えは出ていない。

方向性の手がかりさえ、見つかっていない。

「そうですか。ちょうど瑠璃さんがきましたし、明日のシフトを頼んでみます。コウさんはお休みを取って、一日ゆっくり考えてみてくださいね」

店のドアを開けて入ってきた瑠璃さんが、開口一番に言う。

「千辺ちゃん、ギネス」

「営業中に酒を出すわけないだろ。祝杯はクローズしてからにしてくれ」

「ふふ。私ここ数年で一番うれしい。リャンに彼女なんて」

「彼女じゃねーよ。友だちだ」

「彼女と友だちが同時にできるなんて！」

もう酔っているみたいなテンションで、瑠璃さんがはしゃいでいた。

こんな姿を見るのは初めてだけれど、母親代わりならさもありなんだろう。

「瑠璃さん。お喜びのところ悪いんですけど、明日は空いてますか」

オコジョさんがシフトの確認をしている。僕は強制的に休まされるらしい。

なぜ急に、身の振りかたを考えろと言われたのだろう。

タイミング的には、千辺さんに年齢の確認をしたときだった。「秘密」に気づいた僕はお払い箱だから、休みを取って次の仕事を探せということだろうか。

「コウさん。奥、お願いします」

オコジョさんの声で我に返る。

奥の間を見ると、アリサさんが僕の目を見て軽く手を上げていた。

「お待たせしました」

部屋に入ってティースタンドを見ると、お菓子はもう残り少ない。僕たちが見ていない間に、ふたりの会話は弾んだようだ。

「あのね、コウさん。リャンがね、シュリンプサンドのエビがぷりっぷりで、レタスもしゃっきしゃきで、バターとマヨネーズもたっぷり塗ってあっておいしいから、もう一個食べたいって。千辺さんに、また作ってもらえたりする？」

アリサさんの向かいで、リャンくんがあんぐり口を開けていた。

たぶん食べたいのはアリサさんで、リャンくんはだしに使われたのだろう。

「大丈夫ですよ。紅茶のおかわりは、いかがなさいますか」

「アリサは、とりまミルクティーで。あ、アッサムね。リャンは？」

「……同じのでいい」

こんな調子で口数は異なるものの、会話のラリーがたくさんあったのだろう。

心なしか、今日はリャンくんも声の通りがいい。

「リャンも好きなの頼めばいいのに。あ、そうか。リャンは元従業員だから、アリサじゃなくてコウさんに気をつかってるんだ。コウさんいい人なのに、ガチめに遠慮されててかわいそ」

言われたリャンくんは唇を噛みしめ、やや間を置いてこう言った。

「やっぱキームン……しゃっす」

一部でも声が聞き取れたことに、僕はじんと感動してしまう。

「リャンはね、いっつもコウさんが話しかけてくれるのうれしかったんだって。金髪で、目つき悪くて、意味わかんないピアスしてるから、普段から話しかけてくれる人ほとんどいないって。草だよね」

「なんで、本人にっ……！」

すっかり手玉に取られているようで、リャンくんはあたふたしている。

「大人が子どもに話すことの九割は失敗談で、それは親愛の証《あか》しでしょ。でもアリサは失敗してないから、行動で親愛を示したわけ」

リャンくんはしばし考え、意味を理解するとかあっと顔を赤くした。

「俺は子どもじゃないっす！」

僕はリャンくんを見て絶句し、自分の目を疑う。

「萎《な》えるわー。リャンまた敬語出てるよ。あと耳と尻尾も」

マンガでよく見る猫耳よりは、少し細長い。たぶんキツネの耳だろう。それがリャンくんの頭部に生えていて、お尻にもふんわりした毛の束がくっついている。

「……っ！」

リャンくんは顔色を変え、頭とお尻を隠しながら僕を見上げた。

なにも言えずに固まっている僕に、アリサさんが言う。

「あれ？　もしかしてコウさん、知らなかった感じ？」

その声はすぐ近くなのに、どこか遠くから聞こえるようだった。

五杯目

特別に五百円で
柿のシャルロットとチャイを

1

人は予期せぬ休日を、どんな風にすごすのだろう。

普段の休日は掃除洗濯祭りだけれど、それは一昨日にやってしまった。

睡眠時間も十分に足りているから、寝だめをする必要もない。

だからいつもの時間に目覚めた僕は、いつもと同じく市営ジムで汗を流した。

その後は人気《ひとけ》のない児童公園で、サッカーボールに軽く触る。

公共の場だしひとりだから、できるのはリフティングくらいだ。

つま先でボールを浮かせ、太ももでトラップする。

足を下ろしてボールが地面に落ちる瞬間、それを足裏でぴたりと止める。

イメージ通りにボールをコントロールできると、なじんだ靴を履いたような感覚になった。やっぱりサッカーは楽しい。

しばらく足触りを堪能し、休憩しようとベンチに座った。

見上げた空が白っぽく、ちょうど今日から十二月だと気づく。

九月に赤く色づいた楓の木は、いまはもう葉をつけていない。

春に再び芽吹くまで、楓は厳しい冬を耐え忍ぶのだろう。

「僕はいま、何色なのかな」

寒さをまぎらわすように、ぽつりとつぶやく。

春を待っている気はしないけれど、赤く色づいているとも思えない。

何者かになろうと必死な青葉かと言えば、それも違う気がする。

アスナロという木は、漢字では「翌檜《あすなろ》」と書くのだと聞いた。「明日はヒノキになろう」の意だけれど、もちろんその願いはかなわない。

サッカーをやめた僕は、自分がヒノキになれないことを知ったアスナロだ。

じゃあなにになればいいのかと、空を見上げるだけで月日がすぎていく。

「だめだ。寒いと暗くなっちゃうな」

こんな風にひとりごとを言っていた、五月の頃を思いだした。あの頃は自分をウドの大木と思っていたので、これでもましにはなっている。

そう思えるようになったのは、「雨宿り」先のおかげだろう。

オコジョさんが拾ってくれて、瑠璃さんに手ほどきを受けて、僕はティールームの従業員としてなんとかやっていた。千辺さんはよくも悪くも人生の先輩だし、最近はリャンくんにも甥《おい》っ子のような気持ちで接している。

アーミンズで働くことは楽しい。

紅茶は好きだし、それを入れることに喜びも感じるようになった。才能はともかくとして、下高井戸さんが言った通り接客業は向いている気がする。

けれど「ガクチカ」だったサッカーと比べると、手応えはあまりない。

自分はアーミンズに留まるべきなのか。別のなにかを探すべきなのか。

「それ以前に、辞めさせられる可能性が濃厚だけど」

アーミンズティールームは普通の店じゃない。おしゃべりオコジョとアフタヌーンティーの秘密に、僕は少なからず触れてしまった。

僕はチトセさんのように、無邪気に詮索するつもりはなかった。

中河原さんのように、敬意に敬意で応えたわけでもない。

アリサさんのように、存在をあるがままに受け入れるのとも違う。

僕は打算に打算を重ね、オコジョさんという違和感を呑みこんでいた。

オコジョさんは悪事を働いているわけではない。波風を立てなければ世界の均衡は保たれる。だからオコジョさんを始めとした、秘密を受け入れることにした。問題の根本からは目をそらし、浮かんだ疑問は紅茶で呑みこんだ。

「じゃあなんで、僕はあんなことを聞いちゃったんだ」

中河原さんが見たという、首に青いスカーフを巻いたキツネ。

キツネが人に化けているなら、見た目は実年齢と関係ないだろう。瑠璃さんの正体がキツネであったなら、いくつかの違和感に説明がつく。

いままで棚に上げて隠していたのに、昨日の僕は問題に踏みこんでしまった。

結果はこうして、身の振りかたを考えろと店を休まされている。

逆に言えば、それはオコジョさんにとって知られると都合の悪いことだったのだろう。実際リャンくんは、うっかり出した耳と尻尾を慌てて隠そうとしている。

「でもそれも、なんか腑《ふ》に落ちない」

オーナーがしゃべるオコジョという時点で、元従業員がキツネであってもたいして驚かない。むしろしっくりいった感すらある。

早い話、「一応は隠しておくけれど、ばれたらばれたでしょうがない」程度の空気なのに、一番身近な僕に秘密を知られてなにを焦るのか。

「クビになるなら、ちゃんと理由を聞きたいよ」

アーミンズは空間に余裕があるから、百九十センチの僕でも溶けこめた。最近はひとりでホールを回すこともあり、ジョンの捕獲以外でも役に立てている。

だからいま辞めたら、きっと未練が残るはずだ。

「未練……サッカーにだって、未練がないわけじゃないのに」

いまも配信で試合を見ているし、こうしてボールに触れてもいる。

あの日に下高井戸さんは本当に悔しいときの僕は笑っていると言ったけれど、その意味ではずっと後悔しているのかもしれない。

自分で断ち切った夢ですら、こんな具合だ。もっと不条理な理由で新しい「ガクチカ」を失ったら、僕は納得できずにずっと引きずるだろう。

「確認しないと」

セカンドキャリアを考えろと休みをもらったけれど、店にくるなとは言われていない。まだオープン前の時間なので、仕事の邪魔にもならないはずだ。

僕は脱いでいたコートを羽織り、アーミンズへ向かって歩き始めた。


「おはよう、リャンくん」

いつもよりも少し遅い時間だけれど、リャンくんはまだ庭にいた。

「……っす？」

なぜかリャンくんは、瞳を点にして僕を見上げている。

「どうかした？　今日は休みだったけど、ちょっと用事があってきたんだ」

そう言うと、リャンくんはふるふると首を横に振った。

「……怖く、ないすか」

「うふふ。怖いって、なにが？」

初めてまともに会話ができてうれしく、満面の笑顔で聞き返してしまう。

「……俺がっす」

「うーん。そりゃあ最初は、見た目で怖そうな人かなと思ったよ。でもリャンくんは挨拶するとちゃんと返してくれるし、いまはそんな風に感じないかな」

「じゃ、なくて……その、キツネが」

そういうことかと思ったけれど、僕自身も不思議だった。

「人間じゃないって考えると、たしかに怖がってもよさそうだよね。オコジョさんで慣れてるからかな。あとキツネってかわいいし」

かわいいけれど、見かけても衛生的に触れない動物でもある。でも人間と働いているようなキツネなら、伝染病の心配もないだろう。

「あいつも、そう言ったっす。人のいないところでモフらせろって」

「も、モフらせたの？」

リャンくんは赤くなった顔を下に向け、こくりとうなずいた。

彼女がいる友だちに、「キスはしたの？」と聞いたみたいな状態だけれど、ひとつだけ大きく違うことがある。

「それは、その、僕も……できるのかな？」

リャンくんが、はっとなって僕を見た。しばし見つめあう。

「コウ、さんが……どうしてもって、言うなら……」

「あ、いや、うん。なんかこう、タイミングがあったら、とかでね。いますぐモフらせてとか、そういうんじゃないから」

気軽に聞くことではないらしいと知り、僕は慌てて断った。

「そうだ。そろそろ用事をすませないと。またね、リャンくん」

気まずさも手伝って、僕はいそいそと玄関に向かう。

「……がんばってくださいっす」

背中で聞いたその言葉を、僕はゆっくり嚙みしめる。

きっとリャンくんは、いつも僕を応援してくれていたのだろう。

「ほら、やっぱりきただろ」

店に入ると、カウンターの向こうで千辺さんが言った。

向かいの席には制服姿の瑠璃さんがいて、くすくす笑っている。

「どうして、僕がくるってわかったんですか」

僕は少々むっとしつつ尋ねた。

「昨日の話の流れから『休みを取れ』と言われたら、自分がクビになると考える。これはコウの根っからの性格だ。ネガティブというより、リスク管理だろう。常に最悪のケースから考えるんだ、おまえは」

「そこまでは、私も予想」

瑠璃さんが微笑を浮かべつつ、僕に隣の席を勧めてくれる。

「ただな、いまのコウは納得がいかないと理由を聞きにくる。俺はそう考えた。半年も一緒に働いてりゃあ、ささやかな変化も気づく。最近のコウは、前みたいに過剰な遠慮はしなくなってきた。俺の教育の賜物《たまもの》だな」

「私とイヅナさんの教育」

瑠璃さんの口から出た「イヅナさん」に、僕は聞き覚えがあった。

以前に千辺さんが同じ名前を口にし、僕が聞き返すと「オーナーと言った」とごまかされたことがある。その場にいた瑠璃さんも僕の聞き違いだと言った。

「イヅナさんって、オコジョさんのことなんですか」

「ああ。実はオーナー、イヅナさんはただのオコジョじゃない」

千辺さんに言われるまでもなく、それはわかる。

本来のオコジョは夏には茶色い毛になるのに、オコジョさんは白いまま。冬毛のオコジョは尻尾の先端が黒いけれど、オコジョさんは「尾も白い」を持ちネタにするくらいで真っ白い。なにより人の言葉をしゃべる。

「じゃあ、オコジョさんはなんなんですか」

「管狐《くだぎつね》」

瑠璃さんが言ったその名称を、僕は寡聞にして知らない。

「管狐は人と契約し、富をもたらす妖怪の一種」

「妖怪」

オウム返しで言ってしまうくらい、現実感が乏しい単語だ。

「管狐は竹筒や煙管《キセル》の中に入るのを好む。力の弱い管狐は小銭を拾い集め、強いものは人の心を読み取る」

瑠璃さんが淡々とする説明に、いちいち思い当たることがある。

「富の代償として、管狐は契約者に美食を要求する。美食を与えると管狐は繁殖して数を増やす。増えた管狐の食費を賄えなくなると契約者は滅ぶ」

そんな恐ろしいことを言われても、正直ピンとこない。オコジョさんはグルメだけれど、僕が知る限りでは独身、というか一匹きりだ。

「管狐も動物だから、雌雄一対でないと繁殖しない。単独の場合は子孫を増やさない代わりに、眷属《けんぞく》——野狐《やこ》と呼ばれる化けギツネを呼ぶ」

「化けギツネ……それが、リャンくんや瑠璃さんなんですか」

「千辺ちゃんやベンも」

そう聞いてもさほど驚かないのは、薄々は気づいていたからだろう。

「だから、まかないが油揚げのピザだったんですね……」

変だとは思ったけれど、キツネの好物だからとは考えなかった。千辺さんの「キツネにつままれた顔」発言でみんなが爆笑したり、フォックスハウンドのジョンをやたらと恐れたことにも合点がいく。

「コウ、ちょっとキッチンにこいよ」

一応は入ったことがあるけれど、千辺さんに招かれたのは初めてだった。

僕がキッチンに入ると、千辺さんが「あんま見るなよ」と姿を変える。

けれど僕が知っているキツネとは、少々雰囲気が違った。

なんというか、目つきだけが千辺さんのまんまで細い。

「ネットで見たかも……もしかして千辺さん、チベットスナギツネですか」

「ああ。ベンはベンガルキツネだ。なにか理由がない限り、面倒がってこういう名前のやつが多い。『野狐あるある』だ」

目の前のキツネが千辺さんの声でしゃべるのが少し不思議だけれど、違和感はそれほどなかった。たぶん目の細さが同じだからだろう。

そういえば瑠璃さんもリャンくんも、ベンさんまでも目が細い。

「リャンの場合はピアスから。私はイヅナさんからもらったスカーフの色」

首筋をふわりと撫でられ、驚いて振り返る。

そこに全身の毛が銀というか青みがかった、美しいキツネがいた。

首には青——より正確に言えば、瑠璃色のスカーフを巻いている。

「瑠璃さん……です？　尻尾が四本ありますけど」

「女性に年齢を聞くのはセクハラ」

どこか理不尽な気がするけれど、僕は「すみません」と謝った。

「ま、そういうわけだ。隠していて悪かったな。コウはリスク回避型全肯定マンだから平気だろうが、普通の人間は驚くんだよ。俺たちもまあ、できる限り人として暮らしたいからな」

今朝のリャンくんとの会話を思い返すと、人間の反応は想像できた。

「じゃあんまり、キツネの姿にはならないんですか」

「瑠璃はときどきなってるな。リャンは人の言葉をさほど覚えてないし、瑠璃も日本語が独特だから、こっちのほうが意思の疎通をしやすい」

千辺さんの言葉に、キツネ姿の瑠璃さんが「夜」とうなずく。

となると中河原さんが見たキツネは、やはり瑠璃さんだったようだ。

「俺の場合は、たまにキッチンで気を抜くときだな。この時間は貴重だぞ。モフモフするならいまのうちだ」

千辺さんに言われ、僕は即答する。

「いえ、けっこうです」

「なんでだよ！　おっさんでもふわふわだぞ！」

魅力的な毛並みだけれど、リャンくんの恥じらいを思い返すとためらわれた。

「それよりも、聞きたいんですけど」

「シャンプーの頻度か？　もちろん毎日だ！」

「そうでないと困りますよ。僕が聞きたいのは、オコジョさんの『契約者』のことです。あ、そろそろ開店時間ですし、キッチンを出ましょう」

僕は時刻を確認し、ちょうどいいタイミングだとカウンターへ戻る。

「オコジョさんはいまも、誰かと契約をしているんですか」

瑠璃さんから説明を聞いた限り、管狐が繁殖したり眷属を呼んだりするのは、富を与える相手、すなわち契約者がいるからだ。

リャンくんのような若い野狐を呼び寄せているなら、オコジョさんはいまも誰かと契約しているのではないか。そんな風に推測した。

「……それはオコジョの口から説明いたしましょう……おはようございます」

予想した通り、オコジョさんがずるずると階段を降りてきた。

2

この長椅子に座るのは二度目で、前回は半年前だった。

あのときの僕はお客の立場で、部屋の壁に飾られた写真を見て感心したり、混乱したりしていた。

「さて、どこから話しましょうか」

オコジョさんがローテーブルの上で、砂時計をひっくり返す。

テーブルの上には瑠璃さんが用意してくれたガラスポットや、ティーカップが載っていた。注ぐのは自分でやるつもりでいる。

少し話しましょうとオコジョさんに誘われ、僕はこの部屋に招かれた。

事前に千辺さんから「イヅナさんのさびしさも察してやれ」と言われたので、たぶん解雇を言い渡されるのだろう。

僕だってさびしいけれど、オコジョさんにも事情があると思う。

それに納得できようとできまいと、店を去る覚悟だけはしておいた。

「まずは誤解を解いておきましょう」

砂時計がさらさらと流れる中、オコジョさんが語り始める。

「オコジョは管狐ではありますが、一応はオコジョなんです。昔は尻尾の先も黒かったんですよ、たぶん。まあ昔すぎて覚えてないんですけど。でもほら、こんなにかわいいんだから、オコジョに決まってます」

オコジョさんがウィンクして、あざといポーズを取った。

早い話、加齢で毛の色が抜け落ちたのだろう。たしかに毛の色以外の部分は、オコジョらしさにあふれている。「管狐」という名前をつけたのはたぶん人間だし、当時はオコジョがメジャーではなかったに違いない。

「すみません、オコジョさん。そこはあんまり気にしてません」

「あ、はい。そうですね。ええと、どうしようかな」

オコジョさんはたぶん、どこから話したものかを悩んでいるんだと思う。それだけ長く生きている、ということだろう。

「オコジョさんはいまも、契約者がいるんですか」

僕は紅茶を入れつつ、さっきの質問をくり返した。

黄金の一滴を小さなカップに注ぐと、オコジョさんが口を開く。

「オコジョの契約者は、あそこの写真に写っているシスターです。名前はロカ・コーエン。イギリス人で、彼女が若かりし頃に来日した際に知りあいました」

白黒の写真で微笑んでいる修道服を着た若い女性は、隣のカラー写真では七十歳を超えているように見えた。

「瑠璃さんから聞いたと思いますが、管狐は契約者に富をもたらす存在です。相手は子どもの治療費に悩む親御さんとか、五十人の従業員を抱えているのにお金をだまし取られた社長さんとかですね」

「善意の人助け、ということですか」

はいと、オコジョさんがうなずく。

「彼らが儲《もう》かるように能力を発揮しますが、最終的には繁殖して同族を増やし、世界中から眷属を呼び寄せ、契約者を破滅させてしまいます」

紳士なオコジョさんからは想像しにくい結果に、僕は息を呑んだ。

「オコジョは子どもの頃からそれがいやでした。だから誰とも契約しないまま、すくすくかわいく育ったんです。ただですね、いま挙げた例でわかる通り、管狐は困っている人を助けたい生き物なんですよ。破滅に導くとわかっていても、『手を差し伸べられる』という衝動は、抗いがたいんです」

目の前に困っている人がいる。自分には助ける力がある。

たとえ破滅の結果になると知っていても、すがりたい人間もいたはずだ。

善意の生き物である管狐にとって、そういう人々から目をそらすのは破滅へ導くよりつらいかもしれない。

「そんな折、シスター・ロカと出会ったんです。彼女は言いました」

オコジョさんが胸の前で手をあわせ、少し声音を変える。

「私と契約すべきです。私は富はいりません。私に与える富で眷属を教育し、自立させ、人の役に立てば素晴らしい。あなたと私は極めて同じ穴の中」

目をきらきらと輝かせたオコジョさんは、なんだか妙に神々しい。

「オコジョは信心深くないですし、狢《むじな》でもないんですけど、ロカの善性には魅《ひ》かれました。それからしばらく行動を共にします。一緒にイギリスに帰り、ボランティアをしたり、紅茶を飲んだりして、ようやく決心がつきました。オコジョはロカと契約をして、日本に戻ってきてティールームをオープンしたんです」

オコジョさんが紅茶をすすり、壁の写真を見た。

アーミンズの庭で撮影した、白黒の写真が何枚かある。制服を着ている僕の知らない従業員たちと、オコジョさんが一緒に写っていた。

彼らこそ、ここから巣立っていった野狐たちなのだろう。

「歴史を感じますね。みんないい顔で笑ってる」

僕も紅茶を口にして、先輩たちの姿を眺めた。

「オコジョからすると、昨日のことのようです。というか写っている彼らは、みんな存命ですしね。呼び寄せてしまったのはオコジョですが、ここは彼らのヘルプで成り立っているお店なんです」

「千辺さんや瑠璃さんも、そうやって呼び寄せられたんですか」

「オコジョ自身が、『おーい』と呼んでいるわけではないんですよ。野狐のみなさんによれば、なんとなく引き寄せられる感じだそうです」

そういう因果を持っているのが、管狐という生き物らしい。

「千辺くんは一番つきあいが長くなりましたけど、最初はたいへんでしたね。とにかく人間がきらいで。瑠璃さんのほうも、あんまりほめられる暮らしぶりではなかったです。ここだけの話、大酒飲みで」

オコジョさんが、こそっと耳打ちするように言う。

野狐にとって、人間社会はそれなりに生きづらさがあったのだろう。

そういえば千辺さんは、口癖のように「人間ってのは」と言っている。

いまは誰より人間くさくなったのも、オコジョさんに手を差し伸べられた結果なのかもしれない。

「そうやってオコジョさんは野狐のみんなやお客さんたちに、救いの手を差し伸べてきたんですね。いまはもう、苦しくないですか」

「おかげさまで。オコジョもロカに救われたんです」

オコジョさんがまた、遠い目つきで写真を見た。

「僕自身も、オコジョさんに助けられたひとりだと思っています。だから秘密を知ったくらいで追いだされるのは、ちょっと悲しいですよ」

媚《こ》びた口調になってしまったのは、僕がすがろうとしているからだろう。

「追いだされる？　誰が？　誰に？」

「僕が、オコジョさんに」

そう言うと、オコジョさんは全身を傾けた。

「なにがどうなって、そう思ったんです？」

「オコジョさんは、人の心が読めるんじゃないんですか」

「そんな妖怪みたいなことできませんよ。なんとなく、困っている人の気持ちが理解できるだけです」

それはほぼ、心が読めるということではないのか。

「それじゃあ言いますけど。お店の秘密に気づいたとたん、オコジョさんは僕に休みを取らせて、セカンドキャリアを考えろって言いましたよね」

「言いましたよ。でも辞めてもらいたいなんて思ってません。そもそも秘密というほどの秘密じゃありませんし。オコジョが初めてのお客さんに会う前に、しばらく竹筒の中にいるのと同じです」

「じゃあなんで、セカンドキャリアを考えろなんて言ったんですか」

「だってコウさん、サッカーをやりたがってるじゃないですか……」

花瓶の中にいたときと同じように、オコジョさんがしょんぼりする。

「それって、僕の心の声なんですか」

「そう思います。オコジョはその気持ちを応援しますよ」

オコジョさんがローテーブルの下に潜り、一枚の封筒を抱えてきた。

「アフタヌーンティーの招待状ですか」

「はい。コウさん宛てです」

「僕に？　誰から？」

オコジョさんは少し間を置き、しょんぼりした顔で言った。

「クラブチームの監督さんが、会食しながら契約について話したいと」

3

アーミンズを巣立っていった野狐たちは、再び戻ってくることもある。

若かりし頃にパティシエとして働いていた千辺さんは、店を卒業してからヨーロッパの各地を転々としていたらしい。

星がつくような店でのシェフ経験もあるけれど、最終的にはアーミンズを選んだという。日本の風土が肌にあったのか、油揚げがお気に召したのか。

同じようにサッカーの世界でも、出戻りをする選手はそれなりにいた。

オファーを受けて移籍した選手が、新しいチームにフィットできず照れながら戻ってくることはままある。ほかにも一度引退をしてから、選手ではなくスタッフとして帰ってくる人もいた。

今回僕にオファーをくれたのも、まさにそういう元選手の人物だ。


「シフト、入ってるのか」

玄関先に出迎えると、下高井戸さんは挨拶もなしに言った。

「休んでくださいと言ったのですが」

僕の代わりに首元の竹筒から、オコジョさんがすまなそうに言う。

「ちょっとした、いたずら心ですよ。変わった僕を見てもらおうと思って」

僕も挨拶をせずに言い、それとなく胸を張った。

「半年で変わるかよ。だがまあ、制服は似あってるな」

「羽振りもよくなりましたよ。アフタヌーンティーの招待はされましたが、今回は僕がごちそうします」

時給が倍とかそういう話ではなく、まかないで食費が浮くのだ。

「よせよ。今回は特別に五百円で、俺がおごってやる」

「いつもそうやって言いますけど、下高井戸さんがお金を取ったこと一度もないじゃないですか。だからいままでの分、まとめて払います」

まあおごってもらったこともないけれど。それでも仕事にプライベートに、本当にたくさんの助言をしてもらった。恩返しをするいい機会だ。

「まあまあ。立ち話もなんですから、どうぞ中へ」

オコジョさんが言い、僕はドアを開けて下高井戸さんを案内した。

「五年ぶりにきたが、変わってないな」

奥の間の長椅子に座り、下高井戸さんが店内を見回す。

現役時代を彷彿《ほうふつ》とさせる首の動きに、僕は忍び笑いした。

「このお店を知っていたなら、僕に教えてくれてもよかったのに」

「いい店だが、通えないだろ。なんでこんな山の上なんだ」

だからオコジョさんのことは知っているものの、来店は今日で二回目らしい。僕とは真逆で、プライベートでは一切体を動かしたくない人だ。

「紅茶はなにを飲みますか」

僕から受け取ったメニューをざっと見ると、下高井戸さんは即断した。

「マサラ・チャイだ。山登りで疲れたから、甘ったるいのがいい」
「かしこまりました。少しお時間をいただきます」

カウンターに戻りながら、やっぱり変わらないなと思う。

選手時代の下高井戸さんは、若手とベテランを区別しなかった。自分が相手にあわせるなんてこともせず、若手にもベテランのプレーを要求する。

僕は冷蔵庫からしょうがを出し、ボードに置いてナイフでスライスした。

ホールスパイスの棚からシナモンを用意して、ぱきぽきと折る。

カルダモンとクローブをスプーンで潰し、水を張った小鍋にまとめて投入。

ミルでブラックペッパーをごりごり引いたら、いよいよ火を点《つ》ける。

二分ほどしてスパイスの香りが立ってきたところで、茶葉を投入した。

チャイにはアッサムのＣＴＣを使っている。アッサムはくせがなく、スパイス類と風味が干渉しない。ＣＴＣは茶葉を「潰して、裂いて、丸めた」製法のもので、少量でも抽出しやすかった。

十分に抽出できたところで、火を止めてミルクと砂糖をたっぷり入れる。

再び火を点け、ミルクで冷えた温度が戻るまで煮る。

最後に目の細かい茶こしを使い、ポットに注いだ。

こんな風に、マサラ・チャイはほかの紅茶よりも手間がかかる。

下高井戸さんがわざわざマサラ・チャイを選んだのは、選手時代と同じく僕を若手扱いしなかったということだろう。

なつかしい気持ちに浸りながら、カートを押して奥の間へ戻る。

「お茶の支度ができました」

食器とティースタンド、そして紅茶のポットをローテーブルに並べた。

「めっちゃうまそうだな」

下高井戸さんの感想に、カートの上でオコジョさんが胸を張る。

「おいしいですよ。本日はアミューズに、スコッチエッグをご用意しました。隣のグリンピースのスープと相性抜群です」

「おー、イギリスっぽいな」

「セイボリーはコンビーフのホットサンドと、キウイのサンドイッチです」

「おー、ひとくちサイズだ」

下高井戸さんは、甘いもの以外へのリアクションが薄い。

「中央のスコーンは、プレーンとチョコチップの二種です。ジャムはストロベリーとクランベリーをご用意しました。どちらもいまが食べ頃です」

「コウ、俺が引退したのを知ってるか」

　このタイミングで切り出すところが、実に下高井戸さんらしい。

「知ってますよ。スタッフになってベテラン選手を集めてるって、オコジョさんから聞きました。なんで僕に教えてくれなかったんですか」

「選手の移籍は、まずオーナーと話して交渉権を得るもんだ。ビジネスは筋を通すのが鉄則だろ」

「僕に筋を通してくださいよ」

　おかげでオコジョさんを、あんなにしょんぼりさせてしまった。

「根回しのほうが大事だからな。オーナー、続きを」

　下高井戸さんはのらくらと会話をかわし、プティフールに目を向ける。

「最上段のケーキは、左から紅茶のショートケーキ、中央が柿のシャルロット、最後がアップルパイでございます」

「待ってました。いいチョイスだな。紅茶味って、うまいよな」

　目をきらきらさせながら、下高井戸さんは紅茶のケーキに手を伸ばした。

　下段から食べるほうがいいというマナーを知っていて、マナーが絶対ではないことも知っている。こういう人だからサッカーもうまい。

「うまいなー。これクリームに、濃縮した紅茶液を使ってるんだろ？　香りがふわっときて、ちょっと大人っぽい甘みだ。コウも座って食えよ」

今日はホールに瑠璃さんがいるので、僕は下高井戸さんの専属だ。

向かいの長椅子に腰を下ろし、同じく紅茶のショートケーキを食べる。

「千辺さんのケーキは、本当に上品なんです。当人はあんなにワイルドなのに、悔しくなるくらい繊細な味で。単においしいだけじゃなくて、一瞬どこか別の場所へ連れていってくれるんですよ」

「ケーキってのは、見た目も含めた非日常のうまさだからな。それこそアフタヌーンティーの真骨頂だ。まあコウのチャイも、そこそこ近いもんがあるぞ」

下高井戸さんがチャイを飲み、「あんめぇ」と喜ぶ。

「チャイはもともと、庶民が質のよくない茶葉をおいしく飲む工夫でした」

オコジョさんの補足を聞きながら、僕もチャイをひとくち飲んだ。

「ですがいい茶葉で入れても、チャイはおいしいんですよ。異国情緒も感じやすいですし、オコジョもおすすめの飲みかたです」

さまざまなスパイスの味と刺激、そして強烈な甘みが口に広がる。

自分用に入れるなら、しょうがを多めに入れてもいいと感じた。

「早ければ、俺は来年にも監督になれる。というかまあ、それを条件に引退したんだけどな。だからコウ、戻ってこいよ」

「早くも本題ですか」

「早くない。俺は半年待った」

「どういう意味ですか」

プライベートでも交流があった人なので、引退後にも連絡はしていた。しかしほとんど返信をくれず、今日まで下高井戸さんとは会っていない。

「おまえだけじゃない。辞めていったやつとは、一年は会わないようにしてる」

「なんでまた」

「サッカーの楽しさは、そう簡単には忘れられない。そいつがいまの仕事を楽しんでいても、苦しんでいても、現役に会えば嫉妬する。しなくていい後悔をする。優しいんだ、俺は」

そうかもしれない。現役を退いた下高井戸さんですら、芝の匂いがするような気がする。キリンズのグラウンドは人工芝だったけれど、それでも。

「僕が戻っても、役には立てませんよ」

「戻らない、とは言わないんだな」

　虚を衝かれて、僕は思わずオコジョさんを見てしまった。

　カートの上のオコジョさんは、心配そうな顔をしている。けれど目があうと、僕を応援するように両手をぱたぱた動かした。

「戻りたくても、戻れないですよ。僕の能力では限界でした」

「シャルロットってのは、サッカーチームみたいだよな。ビスケットの土台にババロアを敷き詰めて、フルーツを盛る。フォワードとディフェンダーとゴールキーパーぜんぶ載せみたいな、欲張りなケーキだ」

　下高井戸さんがケーキを口に運び、「うっめえなこれ」と目を丸くした。

　女性の帽子を模した形のケーキを、僕もひとくちかじる。

　外側のビスキュイはさくっとしていて、ふんわりもしていた。そこに濃厚なババロアのクリームが重なり、とろりと甘く、かすかな渋みのある柿に味をつなぐ。

　甘いものが食べたい人にシャルロットを出したとして、文句を言われることは絶対にないだろう。スイーツとして完璧すぎるケーキだ。

「おいしいですね。サッカーみたいだとはまるで思いませんけど」

「まあな。だがコウがチームに加わったら、それをやってもらいたいんだ」

　下高井戸さんが、まっすぐに僕を見た。

「悪いがコウを、スタメンにはしない。その代わり、後半には必ず出す。ディフェンダーだけでなく、フォワードでもだ。アンカーだってやってもらう。要は毎回役割が違うってこった。名づけて『イレギュラーレギュラー』。『レインジャイアント』よりも、かっこいいだろ？」

身長の高さを活かせる、中央に位置するポジションのすべて。

そのすべてのサブとして使えるポリバレントな選手がいたら、監督はベンチワークをしやすいだろう。古くは元代表の闘莉王《とぅーりお》選手、最近だとフロンターレの山村《やまむら》選手が近い起用をされている。

「僕がそんな器用なことを、できると思いますか」

「試合中に柔軟に変えろ、って話なら無理だ。それは1を2にする力だ。だが日替わりで役割が違うなら、コウには向いてるよ。おまえのストロングポイントは、0を1にする力だ」

「わかります」

うなずいたのは、カートの上のオコジョさんだった。

「コウさんは仕事を覚えることに熱心で。オコジョはいい意味で期待していなかったのに、すぐになんでもできるようになってしまって」

「さすがいまのボスだ。1を2にする力ってのは、半分はエゴなんだよな。コウはそこが弱いが、0を1ならなんでもいける。半年ありゃこのシャルロットだって、そこそこうまいのを作れるさ」

下高井戸さんとオコジョさんが、意気投合してうなずきあっている。

「要するに、器用貧乏ってことですよね」

その自覚はあるけれど、なにをやっても一番になれないのは悲しい。

「それも才能です。だからゆくゆくは、店長を任せたいなあと思っていました」

オコジョさんが、さらっととんでもないことを言う。

「なんですか、店長って」

「このお店、店長がいないんですよ。オコジョはオーナーですし。だからやることは変わりませんが、アルバイトから正社員になっていただけたらなと。福利厚生の一環として、毎朝コウさんが手で作った輪っかをオコジョが三往復します」

それが、「セカンドキャリアを考えろ」の真意だったのだろうか。

「いい話だな、コウ。こっちはそこまでの好待遇はできない。コウがまたサッカーをやれるってだけの話だ。おまえの『ガクチカ』のな」

それは間違いなく、僕がサッカーで生きていく最後のチャンスだろう。

「ちょっと、頭が混乱しています。自分の紅茶を作ってきていいですか」

「ああ。特別に千七百円でいいぞ。ゆっくり考えてくれ」

僕は下高井戸さんに一礼し、カウンターへ戻った。

ひとまずケトルに湯を沸かし、心を落ち着けようと深く息を吸う。

なにを慌てているんだ、と思う。

昨日の時点で、下高井戸さんから選手契約の話があることはわかっていた。

オコジョさんの提案だって、自分の進退をきちんと考えていれば想像できなかったわけじゃない。

なのにどちらも、降って湧いた話のように感じられた。現状がぬるま湯で心地いいから、未来を真剣に考えていないのだと唇を嚙む。

湯が沸騰したので、茶葉を投じたガラスポットに注ぐ。

砂時計をひっくり返そうと思ったら、いつの間にかいたオコジョさんがよいしょと動かしてくれた。けれどなにも言わず、砂が落ちるのをただ見つめている。

僕はアーミンズで働きながら、ずっと新しい「ガクチカ」を探していた。もう学生じゃないけれど、サッカーと同じくらい夢中になれるなにかがほしかった。

砂が落ちきった。ポットの蓋をはずす。

キームンの芳醇な香りを嗅いで、お店にきたばかりの頃を思いだした。

紅茶の勉強は楽しい。接客業も好きだ。けれどサッカーと同じくらいかと問われると、素直にうなずけない。

「コウさんの子どもの頃の夢は、Jリーガーですか」

カップに紅茶を注いでいると、オコジョさんが尋ねてきた。

「そう……でしたね。あまり口にはしませんでしたけど」

「いまもそうですか」

「とんでもない」

僕も一応は社会人なので、まずは働かなければならない。サッカーの実力も限界を知った。なにより弟がその世界に行った。親にも心配をかけたくない。

「大人は自分が傷つかないために、『失敗するに決まっている』という理由をたくさん用意しますね。まだ恐れを知らない子どもだからこそ、無邪気に夢を見られるんだと思います。でもおかしいと思いませんか」

カートの上で、オコジョさんが体を傾けた。

「子どもの頃のコウさんと、いまのコウさん。Jリーガーという夢に近づいているのは、圧倒的にいまじゃないですか」

「距離感で言えば、そうかもですけど」

「いまのコウさんは、夢への道筋に自分でいくつもの壁を用意しています。下高井戸さんはその壁を、一枚一枚丁寧に取り払ってくれる人ですよ。オコジョにはわかります。夢に近い場所にいるほうが、コウさんは間違いなく幸せです」

幸せを定義しろと言われたら、僕は「不幸でないこと」と答える。

いまの僕は不幸ではないので、幸せと言えるはずだ。言えるはずだけれど。

「そろそろ戻りましょうか」

オコジョさんに言われて、僕はトレイにカップを載せた。

「すみません、下高井戸さん。お待たせしました」

「待ってないぞ。キウイのサンドイッチ、なめてたけどうまいな。やっぱ生クリームに酸味は正義だ」

僕の分も食べられていたけれど、今日は文句を言わずにおく。

「で。どうするんだ、コウ。悪いがそんなには待てないぜ」

「いえ、もう答えは出ています」

僕は下高井戸さんのカップに、二杯目のチャイを注いだ。

「もっと話しましょう、下高井戸さん」

4

恵まれたフィジカル以外に、僕にはストロングポイントがない。

だからこうして芝の上でサッカーをやりながらも、ほかのスポーツだったらもっと可能性があったかもと考えることがあった。格闘技……なんかはメンタル的に向いていないだろうけれど、バスケやバレーはがんばれたかもしれない。

僕がサッカーを始めた理由は、姉がクラブに入っていたからだ。

自分が人生のすべてを注ぎこんだのは、たまたま出会ったスポーツだった。

「それは違うな、コウ」

ジャージ姿の下高井戸さんは、パス練習で一切足下を見ない。

「自分にはなにか才能がある。それはまだ見つかっていない。そう考えること自体が間違ってる。世の大半の人間は、なんの才能もない。俺もおまえも凡人だ。サッカーでそこそこうまくやれたのは、単にそれが好きだったからだ」

スピードのあるパスをトラップしそこね、ボールが大きく浮いた。

「下手の横好きで、ここまでできたと」

インサイドのパスを蹴り、正確に下高井戸さんの足下に入れる。

「ああ。サッカーが俺たちを選んだんじゃない。俺たちがサッカーを選んだんだ」

「それ、下高井戸名言集に採録しておきますね」

「特別に、百円でいいぞ。じゃ、上がるか」

下高井戸さんが、グランドにいる選手たちに声をかけた。

「それじゃあ、下高井戸さん。僕は先に帰りますんで」

「ああ。悪いな、コウ。そのうち飯でもおごる」

あの下高井戸さんから、こんな言葉が出たのにはわけがある。

年が明け、二月が瞬く間にすぎ、三月になった。

チームは新しいシーズンに向けて動きだし、下高井戸体制が敷かれ始めている。

下高井戸さんが最初に着手したのは、有志による朝練だった。地域リーグに所属する選手の大半は社会人で、練習は終業後の夜と決まっている。

しかし中には大学生など、時間の融通が利く選手もいた。彼らは二部練習もこなせる体力があるため、次期監督自ら指導に当たることになった。

ただし参加者は多くないため、パス練習すらできないことがある。

そこで監督の知人という名目で、僕はボランティアで練習参加していた。

ボールに触れるだけで楽しいのに、ごはんまでおごってもらえるらしい。

いい気分で帰宅して、シャワーを浴びて再び家を出る。

いつもの公園を抜けて坂を上り、住宅街を進んでいく。

アーミンズティールームの吊り下げ看板を見ながら、花咲く庭へ入る。

「はざっす、コウさん」

作業服姿のリャンくんが、僕の目を見て挨拶してくれた。

「リャンくん、おはよう。庭がどんどん明るくなってきたね」

「春っすから。ミモザとか見頃っす」

春っすねえと、黄色い花を咲かせた木を見上げる。いまの時期だと庭の一角に咲いている、ブルーベルという瑠璃色の花も鮮やかだった。

「じゃ、出勤します。リャンくん、仕事頑張って」

背中に「っす」を聞きながら、僕は玄関ドアを開けた。

「おはようございます、千辺さん」

カウンターでバター茶を飲んでいる、丸まった背中に声をかける。

「おう、コウ。今日も朝練上がりか。体力ありあまってるな、若人《わこうど》」

「ほかに取り柄もないですし」

「にしてもなあ。なんであのとき、監督のオファーを断ったんだ？　ぶっちゃけ地域リーグなら、店長と選手、両方選べただろ」

それも考えなかったわけじゃない。

「……本当にそうですよ。あんなにオコジョが背中を押したのに……」

二階からずるずると、オーナーが這い降りてくる。

「オコジョさんって実は、心なんて読めないいんじゃないですか」

「なんでそう思うんです？」

カウンターに上ったオコジョさんの目が、珍しくぱっちりと開いた。

「お茶会でオコジョさんと下高井戸さんの話を聞いて、僕は気づいたんです。自分が無意識に、セカンドキャリアを決めていたことに」

あの日より少し前、僕はこの店の秘密を解き明かそうとしていた。

当時は自分が、なぜそんなことをしたのかわからなかった。けれどオコジョさんが言ってくれた、『夢への壁を自分で用意している』という言葉で悟った。

「僕はこの店でなにかを見つけたかったんです。でもサッカーより夢中になれるものとなると、簡単じゃありません。ただ、漠然とここにいたいと感じていたんだと思います。だから、自分で壁を取り除こうとしたんですよ」

お店と自分の距離を近づけたいから、秘密を暴こうとした。それはもっと好きになりたいという気持ちの表れで、子どもが抱く夢と同じだろう。

だから僕は下高井戸さんに、「もっと話したい」と頼んだ。

サッカーという夢を完全に断ち切れば、下高井戸さんに会っても嫉妬も後悔もしない。会って一緒にスイーツを食べることが、僕の意志の証明になる。

「コウにはサッカーをやめる勇気があった。それだけでも、俺はおまえをリスペクトするよ。特別に、タダで」

そう言ってくれた下高井戸さんは、きっといいチームを作ると思う。

「職業じゃなくて、この店そのものがコウのセカンドキャリアってことか」

回想の下高井戸さんに重なるように、目の前で千辺さんが言った。

「そう考えると、オコジョさんは僕の心を読んでいたような気もします。でもそれなら、なんでサッカーを続けろって僕の背中を押したんですか」

「それは……サッカー選手なんて、みんながなれるものじゃないですし」

オコジョさんが少しだけ、頬袋をふくらませていた。

つまるところ、僕の心情に寄り添ってくれたということだろう。管狐は心を読むというより、心を支えようとしているのだと思う。

「人間ってやつは、名前を欲しがるよな。肩書っつーか、才能か。そいつが持ってる色に、名前がついてるとは限らないのにな」

朝に下高井戸さんは、「ほとんどの人間に才能なんてない」と言っていた。それもたぶん、「名前のついた才能」の話なのだろう。

転職や部署異動をしたところ、周囲の評価が上がる人がいるらしい。本人が新しく努力したのでないなら、それは名前のない才能のせいかもしれない。

「千辺さんはときどき、下高井戸さんに似ていると思います」

「あの監督か？　まあ俺と同じくらいイケメンではあるな」

僕は含み笑いをしつつ、自分とオコジョさん用に紅茶を用意する。

立ち上ってきたキームンの香りを嗅ぐと、しみじみと言葉が出てきた。

「人生って、本当に偶然の連続ですよね。僕がサッカーを始めたのもたまたま。この店に出会ったのもなんとなく。自分で向き不向きを考えることに意味はなくて、新しい場所に名もなき才能がフィットするかどうか」

「あ、コウくん。コウくんが店にきたのは、なんとなくではないですよ」

店長になってから、オコジョさんは僕を「くん」づけで呼んでくれる。距離が近づいた証しと考えれば、今年は社員旅行に行けそうだ。

「なんとなくではない、と言いますと」

「おまえも呼ばれたんだよ、イヅナさんに」

千辺さんがあごひげを撫で、にやりと笑った。

「それって、野狐だけじゃないんですか」

「野狐だってパートナーを見つけて子孫を残す。その子が人間として生まれても、どこかに遺伝子は残ってるもんだ」

そう聞いて、最初にアーミンズを訪れたときのことを思いだす。

坂を下ろうとしていたはずなのに、僕は二度も上ってしまっていた。まるで吸い寄せられたように、白い建物が目の前にあったことを覚えている。

まさかねと思いつつ、その日の夜に実家に電話した。

父に探りを入れてみたところ、あっさりと白状する。

「北海道に、叔母さんが住んでるだろ」

「ああ、うん。ぜんぜん歳を取らない、美魔女の」

「あの人、本当はコウのひいばあちゃんだ」

＜初出＞

本書は書き下ろしです。

メディアワークス文庫

おしゃべりオコジョと秘《ひ》密《みつ》のアフタヌーンティー

霧摘《きりづ》み紅茶《こうちゃ》と日向夏《ひゅうがなつ》のタルト　～冬毛《ふゆげ》のオーナーを添《そ》えて～

鳩《はと》見《み》すた

2023年12月25日　初版発行

発行者　山下直久
発行　株式会社KADOKAWA
〒102 - 8177　東京都千代田区富士見2 - 13 - 3
0570-002-301（ナビダイヤル）
装丁者　渡辺宏一（有限会社ニイナナニイゴオ）
印刷　株式会社暁印刷
製本　株式会社暁印刷

Printed in Japan
ISBN978-4-04-915415-3 C0193

メディアワークス文庫　https://mwbunko.com/

本書に対するご意見、ご感想をお寄せください。

あて先
〒102-8177　東京都千代田区富士見2-13-3
メディアワークス文庫編集部
「鳩見すた先生」係